MILENA MAGNANI

DER GERETTETE ZIRKUS

ROMAN

AUS DEM ITALIENISCHEN
ÜBERSETZT VON MAJA PFLUG

EDITION NAUTILUS

Für Roldano Biasini und Olimpia Della Veglia
Für Romi und Angelo
Für das Trapez, das erhalten blieb wie ein Traum

Die Originalausgabe des vorliegenden Buches
erschien unter dem Titel *il circo capovolto*
bei Giangiacomo Feltrinelli Editore Milano,
Januar 2008

Edition Nautilus Verlag Lutz Schulenburg
Schützenstraße 49a · D-22761 Hamburg
www.edition-nautilus.de

Deutsche Erstausgabe Dezember 2010
Umschlaggestaltung: Maja Bechert, Hamburg
www.majabechert.de
Druck und Bindung:
Freiburger Graphische Betriebe
1. Auflage
ISBN 978-3-89401-739-2

Wenn ein Ding erfasst wird
werden alle Dinge mit ihm erfasst.
Eine einzige Blume ist der Frühling.

NORMAN O. BROWN, *Love's body*

Senija ist die ganze Nacht auf dem Platz geblieben.
Stand einfach da, den Rücken an den alten Lichtmast gelehnt.
Sie suchte nicht nach dem besten Augenblick. Sie wartete auf niemanden, der den Weg heraufkommen sollte.
Nur mich sah sie an, wie ich da auf der Seite lag und mein Lächeln im Schlamm erstickte.
Man hörte keine Stimmen, keine Geräusche, keine Gesänge in der Ferne.
Da war nur Senija, die flüsterte: »Stehst du nicht auf? Willst du nicht aufstehen, *Maestrule*?«
Aber nein, ich wollte nicht mehr aufstehen an diesem Punkt.
»Willst du nicht aus dem Schlamm aufstehen?«
Nein, ich wollte nicht. Ich wollte nichts mehr, ehrlich. Den Blick weit geöffnet nach Osten.
Senija stand einfach da, an den Sockel des Lichtmasts gelehnt. Die ganze Nacht.
Irgendwann kam dann keuchend ihre Mutter gelaufen.
»Worauf zum Teufel wartest du? Darauf, dass der Maestro dir seine Geschichten erzählt? Hör zu, welche Geschichten er dir erzählt: *Slavă Talălui si Fiului, si Sfântului Duh.*«
Sie hatte sich über mich gebeugt und mir flüchtig ein Kreuz auf die Schläfe gezeichnet.

Senija hatte reglos zugesehen. Stumm und verstört. Wie eine Salzsäule.
Danach hatte die Mutter sie am Handgelenk gepackt und schweigend zu dem Barackencamp gezerrt.

Ich kann die kleine Senija aber begleiten, habe ich mir am Anfang gesagt.
Noch kann ich sie begleiten, wenn ich will. Ich kenne ja den Weg, den die Mutter mit ihr geht. Ich weiß, dass sie sie zwingen wird, einen Bogen um die verfallene Fabrik zu machen, und auf der Höhe der Keller, wo Senija den Schritt verlangsamen wird, um durch die Roste zu spähen, wird die Mutter sie antreiben, schneller zu gehen und lieber auf die Löcher, die herumliegenden leeren Flaschen und Abfallhaufen zu achten.
Ich kann die kleine Senija begleiten, habe ich mir am Anfang gesagt.
Denn wenn sie an den Kellern vorbei sind, wird die Mutter in den Tunnel einbiegen, der unter der Schnellstraße hindurchführt. Und gleich nach der Unterführung, wo der Zaun beginnt, der unser Camp umschließt, wird die Mutter nicht dem Weg folgen, der direkt zum Eingangstor führt, sondern da, wo der Maschendraht ein Loch hat, die Abkürzung nehmen. Und Senija, damit sie nicht mit den Haaren in den Drahtenden hängen bleibt, den Kopf nach unten drücken.

Ja. So muss ich im Schlamm liegen geblieben sein. Um in Gedanken Senijas Weg mitzugehen.
Es war kalt, und so sehr ich auch die Ohren spitzte, ich vernahm nur den Lärm der Autos, die auf dem Ring vorbeizischten.
Irgendwann hatte ich den Eindruck, dass sich zwei Tiere näherten, um mich zu beschnuppern. Ich versuchte zu

blinzeln, und mir schien, ich würde zwei spitze Fuchsschnauzen erkennen.
Am liebsten hätte ich geschrien: »Haut ab! Lasst mich in Ruhe! Seht ihr nicht, dass ich in einer Blutlache liege?«
Doch dann haben sich meine Augen nach innen verdreht, und ich fühlte zwei buschige weiche Schwänze über meine Augenlider streichen.
Also, habe ich mir gesagt, sterbe ich neben zwei Füchsen.
Die Füchse, habe ich mir gesagt, sind offenbar die ersten Freunde der Toten.

Viele Stunden muss ich so dagelegen haben, auf der Seite, das Gesicht in einer Pfütze, bis das Herz aufgehört hat, den Bewegungen rundherum zu folgen, und stehen geblieben ist, um ans Leben zu denken.
An das, was unser Leben gewesen sein muss. Damals, als wir noch Nomaden waren.
Ich habe mich dabei überrascht, dass ich an die Geschichten dachte, die man mir erzählt hatte. Und mir schien sogar, als sähe ich sie, meine Vorfahren, zu der Zeit, als sie französische *manouches* und teilweise auch piemontesische Sinti waren oder zusammen mit den *gitans* der spanischen *cuevas* ihre Zelte aufschlugen.
Die ganze langsame, bunt zusammengewürfelte Karawane sah ich an mir vorüberziehen, mit den eisernen Töpfen, die an den Außenseiten der Wagen klapperten. Und ein wenig tiefer schien mir, als hörte ich die Worte meines Vaters an jenem Morgen, an dem er mir verriet, dass es, wenn auch auf sehr kurze Zeit beschränkt, ein Privileg für ihn gewesen war, Nomade zu sein, bevor sie ihn nach Birkenau verschleppten.

Tja, denn mein Vater ist auf seine Art der lebende Beweis dafür, wie in Birkenau unser Fluch begann. Ein Fluch, der an uns hängen geblieben ist wie ein Geruch.
Ich habe mir diese Sache mit dem Geruch nie erklären können, aber hier von dem schlammigen Platz aus habe ich mich wiedergesehen in der letzten Zeit, und wie sich, wenn ich in den Bus stieg, die Umstehenden mit hastigen Händen den Schal vor die Nase hielten.
Das ist ja unglaublich.
Auf einmal denke ich in Ruhe nach. Sage mir die Dinge in aller Schlichtheit.
Wer hätte je geahnt, dass ich das kann?
Jetzt, wo das Herz aufgegeben hat, entdecke ich, dass ich mich in einem unermesslichen Raum befinde. Einem Raum, der immer noch weitergeht, und wenn ich es recht bedenke, könnte ich ihn füllen, indem ich den Gedanken freien Lauf lasse, damit ich es noch schaffe, alles zu erklären.
Jedenfalls werde ich es versuchen.

Also. Mein Ausgangspunkt ist, wie ich hier liege.
Ein Fleck, um genau zu sein.
Ein Fleck, umgeben von anderen Flecken, nämlich den verstreuten Ruinen der alten Fabrik.
Das ist von mir übrig geblieben.
Ein Fleck neben einem verfallenen Gebäude, von dem nur noch ein Tor steht, das sich öffnet und im Nachtwind hin und her schlägt.
Meine Ohren sind schlammbedeckt, aber jetzt, seit der Wind nach Norden gedreht hat, gelingt es mir trotzdem, die Geräusche der Baracken jenseits des Autobahnrings wahrzunehmen.
Ich höre das Klappern und Knattern, wenn die jähen

nächtlichen Böen an den Plastikteilen, Zeltplanen und Kartons rütteln.

Ja, für den Anfang bin ich nichts weiter als das.

Und ungläubig muss ich es mir dauernd wiederholen, denn vor nur drei Stunden saß ich noch rauchend auf einem Blechkanister vor meiner *kasolle* und dachte, dass ich gleich auf diesen Platz gehen, in die Kellerräume hinuntersteigen und die Akrobatenseile heraufholen könnte.

Vor nur drei Stunden fühlte ich mich noch außerordentlich mutig und hatte beschlossen, mich gar nicht um die Warnungen derjenigen zu kümmern, die mich in Gefahr sahen.

Also hatte ich gewartet, bis der alte Zlato in seinem brabbelnden Schlaf eines Betrunkenen zu schnarchen begann und den Kopf an die Wand des rostigen Containers lehnte; dann hatte ich mich aufgemacht.

Im Dunkeln war ich an der flatternden Wäsche und den Boxen des früheren Hundezwingers vorbeigegangen, die Ibrahims Vater mit Schichten von Cellophan und Wachstuch bewohnbar gemacht hatte. Dann war ich in die Unterführung eingebogen, wobei ich darauf geachtet hatte, dass der Steg, der aus den Blechtafeln der Eisreklamen vor den Bars gemacht war, nicht laut donnerte.

Und als ich auf dem Platz bei dem alten Lichtmast angekommen war, habe ich mich daruntergesetzt und zu kapieren versucht, an welcher Stelle man am besten das eine Ende der Akrobatenseile befestigen könne.

Und es wehte ein langsamer Wind da oben, wo ich hinschaute. Ein Wind, der tiefhängende Wolken mitbrachte. Die Stadt war darunter verborgen, nur hier und da ragten Silhouetten von Wolkenkratzern hervor, die sich mit den Lichtern des neuen Geschäftsviertels mischten.

Ich erinnere mich, dass ich mir Senija vor diesem verlorenen Himmel vorgestellt hatte, sie stampfte mit den Füßen auf und setzte mit Schwung zu einem dreifachen Salto an, die blonden Haare wie ein Peitschenhieb gegen die Peripherie, landete sie mit geschlossenen Füßen wieder auf dem Boden, gemeinsam mit Nasir.
Und selbstverständlich war ich gleich nach diesem Gedanken unten im Keller, hielt das Knäuel der Hanfseile in Händen und suchte gerade die Ösen, um die Karabinerhaken zu befestigen, als sich mein Herz auf einmal überschlug und mir stechende Schmerzen durch den Kopf zuckten. Ich sah nichts mehr, und wie sehr ich mich auch bemühte, die Beine zu bewegen, sie waren plötzlich wie flüssig, sie hielten das Wüten des Messers nicht aus, das mir die Brust zerfetzte. Auch zählte eine zornige Stimme bei den Stichen mit, auf Ungarisch, in meiner Sprache. Bis sich nach der Zahl sieben, nach jenem atemlosen Klang – *hét!* – die ganze Grausamkeit in nichts auflöste, sich zurückzog in die Dunkelheit irgendeines Abgrunds, und es mir, ich weiß nicht wie, gelang, mich zum Ausgang zu schleppen und geblendet auf den Platz hinauszutreten.
Auf dem Platz geriet ich aber noch mehr in Aufruhr, weil ich die kleine Senija sah, die strahlend auf mich zulief, um mir etwas zu zeigen. Ich hätte ihr gern dieses Grauen erspart, und da ich mich nicht auf den Beinen halten konnte, rief ich ihr zu, ich sei so müde und müsse mich unbedingt im Schlamm ausstrecken.

So war es, ja, zu allererst ist das geschehen.
Je länger ich daran denke, umso mehr riecht der Schlamm nach Fäulnis und Kot.
Je länger ich daran denke, umso heller beginnt es um mich herum zu tagen. Und durch das ununterbrochene Rau-

schen des Verkehrs erkenne ich das Auspuffgeräusch von Viorels Dreiradkarre, die dort jenseits seines Stapels von Eisenschrott zu stottern anfängt. Und auch Zlatos Stimme erkenne ich, seine hohle rumänische Stimme, die hinter der ersten Reihe Container herumschreit. Er brüllt und inszeniert den üblichen Krach seines normalen Erwachens, jedoch richtet er diesen Krach beinahe schlagartig gegen mich, springt über einen Schutthaufen und fällt eine Sekunde später auf mich.

Jemand versucht, meinen Arm zu heben.
Er hebt ihn und lässt ihn sofort wieder in den spritzenden Schlamm fallen.
Jemand anders ruft lauthals nach Gago Cioară und Pavel.
Mitten in dieser ganzen Aufregung bahnt sich Askan einen Weg und schiebt einen Typen beiseite, der sich über mich gebeugt hat, um den Herzschlag zu fühlen.
»Welcher Herzschlag?!«, knurrt Askan. »*Budalla!*«
Und mit einem Fußtritt dreht er mich auf den Rücken, wie er es auch schon öfter mit Hundeleichen gemacht haben muss.
»Verdammter *hungarez*!«, murmelt Zlato, indem er mit seiner verbrauchten und erschöpften Miene die Mütze abnimmt.
Und daran, wie sein Blick zu den Baracken am Horizont wandert, merkt man, dass er an die Polizei denkt, die kommen wird, die fragen wird, wer meine Verwandten sind, die alle auffordern wird, ihre Papiere zu zeigen.

Ich frage mich, ob es nicht einfacher für sie wäre, mich auf eine Karre zu laden und mich auf der anderen Seite der Stadt in den nächsten stinkenden Graben zu kippen.
Im Grunde genommen, sage ich mir, sind sie skrupellose

Männer, und erst vor zwei Tagen haben sie es mit der Leiche des jugendlichen Brandstifters genauso gemacht. Doch während ich das denke, spüre ich, dass ich ruckweise aus dem Schlamm weggezerrt werde. Ich schleife und holpere über Schrott und Steine. Bis ich rücklings auf ein großes, knarrendes Holzbrett gelegt werde.
Jemand schiebt mir einen zusammengeknüllten Lappen unter den Kopf.

Ich bin so müde.

Die Geräusche werden seltener, und da, fast schon in Auflösung, kippt Zlatos Stimme bei dem Versuch, seine Sorge herunterzuschlucken.
»Lauf, Viorel, hol die Drahtschere, das Loch im Zaun muss vergrößert werden!«

Offenbar bringen sie mich ins Camp zurück.
Ich fühle, dass ich einschlafe.
Auch als Toter kann man einschlafen. Unglaublich.

Dunkelheit.
Im Dunkeln ist mir, als sähe ich die Füchse wieder auftauchen.
Sie nähern sich und beschnuppern mich. Sie schnuppern an dem Schlamm, der an meiner Hose klebt, und an der schmutzigen Kruste, die sich auf meinem Pullover gebildet hat.
Sie beschnuppern mich. Dann jedoch werden sie abgelenkt und streichen um die Plastikkabinen der chemischen Toiletten herum.
Wie seltsam. Geschlossene Augenlider. Und doch sehe ich alles, was geschieht.

Die Männer, die mich ins Camp zurückgetragen haben, stehen etwas abseits in einem Grüppchen beieinander. Sie schauen auf den leichenblassen Gago Cioară, der die Bibel durch die Luft schwenkt wie einen Säbel.
»Von wegen *Bibla*!«, schreit Askan, während er nervös seine Jacke aufknöpft. »Hier muss über *ernsthafte* Dinge gesprochen werden. Gibt es eine Familie zu benachrichtigen? Hat er Verwandte, dieser *hungarez*?«
Alle drehen sich zu mir um.

Wie gern würde ich in anderen Formen existieren.
Lieber in der Gradlinigkeit eines Stuhls sein.
Oder im kalten Blech einer Baracke.

»Verdammter *hungarez*!«, seufzt Zlato noch einmal.

Unterdessen kommen nach und nach Kleinkinder in Windelhöschen, die meine Haare anfassen, während Frauen sie zurückrufen und mit Waschschüsseln in der Hand herumfuchteln.
Und in diesem allgemeinen Aufruhr beginnen die Handys zu klingeln, Zigaretten werden angezündet, es herrscht ein Geflatter von Tüten, auf denen McDonald's, Stefanel und tausend andere leere Wörter stehen.

»Man muss ihn säubern«, sagt jemand, »bring einen Eimer und zwei Schwämme.«

Dann Sonne. Blasse aufgehende Sonne. Hinter dem Kreis der Hochhäuser im Osten zieht sie herauf.
Wie ein schwaches Streicheln zum Herzen hin.
Zwischen den Linien aus Licht suche ich Senija.
Ich suche Senija, damit unsere Blicke sich kreuzen, aber ohne Erfolg.

Daraufhin suche ich das Camp bis an den Rand ab.
Ich schaue zwischen den Baracken am Zaun nach, hinter dem Gerippe eines alten Lieferwagens, denn mir scheint, als sähe ich dort jemanden lächeln.
Ich schaue neben den Teertonnen, bei der Böschung der Kanalisation, wo zwei angekettete Hunde herumspringen und knurren und sich fast erwürgen mit ihren Nietenhalsbändern.
Ich suche sie bei dem Container, wo ein alter Mann einen Kaffee einschenkt, den er dann entschlossen jemandem anbietet.

Bis ich sie sehe.

Unsicher tritt sie aus der Baracke.
Sie tritt heraus und bleibt sofort stehen, an die mit Pappe abgedichtete Tür gelehnt.
In der Hand hält sie das silberne Akrobatenkostüm, das sie eigenhändig für sich geflickt hat.
Sie versucht, in meine Richtung zu blicken.
»Geh wieder rein«, sagt die Mutter zu ihr. »Geh rein, Senija, hat es dir nicht gereicht, was du schon gesehen hast?«
Sie schaut zwei Frauen zu, die begonnen haben, mir mit einem Schwamm in groben Zügen den Schlamm abzuwischen, und sich dabei unterhalten und sagen, dass man mich aus der Sonne wegbringen muss. Dass Mai ist, der Monat, in dem das Obst bei der ersten Hitze fault.
Senija schaut zu und rührt sich nicht. Steht barfuß auf der gestampften Erde.
Magere Kleinmädchenbeine.
»Geh wieder rein, Senija, und tu das Ding da weg!«
Senija bleibt abwesend stehen. Das Kostüm fest in den Händen.
Da überwindet sich die Mutter, fast sie linkisch an den

Handgelenken, versucht, ihr zu sagen: »Hör zu, Senija, es ist hart, was du gesehen hast. Für mich ist es genauso hart.«
Senija antwortet nicht. Sie starrt auf einen abstrakten Punkt im Raum vor sich.

Ich frage mich, ob sie auch ihr von dieser Geschichte erzählt haben, wo manche Zigeuner hingehen, wenn sie sterben. Ob sie auch ihr weisgemacht haben, dass man sieben Gebirge und sieben Wüsten durchqueren muss und dass man auf dieser Reise den *urme* begegnen kann, den *urme* mit den langen feinen Haaren, aus denen der Nebel der Täler aufsteigt.

»Hör zu, Senija«, sagt die Mutter noch einmal, »ich werde singen für den *hungarez*, der uns vor dem Feuer bewahrt hat, vielleicht hat er auch dafür büßen müssen, aber, nun … diese Märchengeschichten, die er dir in den Kopf gesetzt hat, diese ganzen verrückten Fantasien, die vergisst du jetzt besser.«
Senija betrachtet die Frauen, die mich fertig gewaschen haben und mit dem Eimer davongehen.
Ihre Augen sind groß, und einen Moment lang scheinen sie voller Tränen. Dabei sind sie voller Fieber.

Ich würde gern zu ihr gehen und ihr sagen, dass sie sich um mich keine Sorgen machen soll.
Dass ich in einer Stadt am Fluss geboren bin und es eigentlich nicht schlimm finde, hier in der Sonne liegen gelassen zu werden.
Ich würde gern zu ihr gehen und ihr das sagen, wenn da nicht die Füchse wären, die sich anschleichen und mich in die Fußgelenke zwicken. Und sie lecken mir auch die Schläfen und die Mundwinkel.

Was wollt ihr bloß von mir? Warum lasst ihr mich nicht in Ruhe?
Die beiden Tiere spitzen die Ohren, die vibrieren wie Antennen.
Es ist, als sähen sie den weiten Horizont.
Es ist, als sagten sie: Lass diesen Ballast zurück und mach schnell, sobald du bereit bist, müssen wir aufbrechen. Mit geschnürten Schuhen läuft es sich besser. Die Blätter auf den Gebirgspfaden rascheln nach dem Regen nicht. Das Gras wird zart und frisch sein.

Natürlich.
Natürlich lasse ich diesen Ballast zurück. Aber vorher muss ich mir die Zeit nehmen, in Ruhe meine Geschichte zu rekapitulieren. Um sie dem Dunkel zu entreißen, in dem sie versinken könnte.

Im Grunde ist es mir von hier aus nicht möglich, etwas anderes zu tun als zu verstehen, was wirklich geschehen ist.
Danach werde ich euch folgen. Ich werde mitkommen über den schwarzen Laufgraben. Ich werde mitkommen bis dorthin, wo die Sonne wie Dunst über den Kornfeldern schwebt. Und dann wird niemand leichter sein als ich.

Also. Mein Name ist Branko Hrabal, und von Beruf war ich Gerüstbauer. Oder zumindest ist es das, was ich zehn Jahre lang gemacht habe, Gerüste um Gebäude herum montieren, bevor ich hierher gezogen bin.
Hier im Camp wohne ich seit dem Winter des großen Regens. Ich kam an einem Abend mit dichtem Nebel hier an, ein Gewitter hatte gerade etliche Baracken beschädigt, und die Männer brüllten von einem Ende zum anderen:

Ah! Hei! Ju!, während sie versuchten, die Balken mit Steinen und Metallstreben abzustützen.
Überall rannten Kinder mit Plastikplanen auf dem Kopf herum.
Ich fuhr einen Laster voller großer Kartons, und da der schwere Nebel sich auf den Boden senkte, sahen meine Kartons auf der halbhohen Ladefläche aus, als schwämmen sie im Nichts.
Ich war knapp über dreißig und kannte die Regeln des Camps nicht. Ich ahnte nicht, dass es interne Hierarchien gab. Ich dachte lieber, es wäre ein offener Raum. Ich war überzeugt, niemandem Rechenschaft schuldig zu sein.

Diese meine Überzeugung muss mir gleich bei der Ankunft die Feindschaft des alten Askan eingetragen haben.
Askan war der unbestrittene Chef. Er hatte mehrere Kriege gesehen, den Stacheldraht in Bosnien, und verlangte von allen unbedingten Gehorsam. Fast immer trug er die alte Jacke eines albanischen *ursaro,* und da ihn die Serben in Peć am Ohr gebrandmarkt hatten, klatschte er die Haare seitlich so an, dass sie die Schmach bedeckten.
Jetzt weiß ich, dass es viele Arten gibt, sich Askan zum Feind zu machen. Ich wählte an jenem Abend die schnellste.

Nachdem ich langsam auf den Wegen zwischen Wohnwagen und Verschlägen herumgekurvt war, bog ich zum verwahrlosten hinteren Ende des Camps ab, wo eine Ausbuchtung war, die von einem Container begrenzt wurde, während rundherum das Unkraut wucherte.
Ich hielt den Laster an, und ohne irgendwen um Erlaubnis zu fragen, fing ich an, meine Kisten abzuladen.

Es war neblig, und im Nebel tauchten nach und nach viele aufgerissene Kinderaugen auf.
Es war auch schlammig, die ersten Kisten sanken ein wenig ein.
»Sammle deine Scheiße ein!«, hörte man es von einem Weg her schreien.
Und noch einmal, mit verdoppelter Arroganz: »Sammle deine Scheiße ein!«
Ich hielt im Abladen inne, trocknete mir die Stirn und blickte in die Richtung, aus der die Stimme kam. Ich sah aufmerksam hin, aber dummerweise erkannte ich nicht sofort die Autorität eines großen Chefs, sondern bloß einen Brustkorb, der sich unter einer albanischen *ursaro*-Jacke hob und senkte.
Das war es, was Askan an jenem Tag zur Raserei brachte. Dass mein Blick auf ihm geruht hatte, wie er auch auf jedem anderen Menschen hätte ruhen können, und dass ich meine Augen gleich danach auf die zum Trocknen über ein Sofa gehängte Wäsche gerichtet hatte.
»Wenn du nicht verstehst, wie ich rede, erkläre ich es dir mit Fußtritten, *të heqësh ato kutitë e mallkúara*!«, kreischte Askan jetzt wutentbrannt.
Ich betrachtete die Kisten, die ich ausgeladen hatte, und die, die noch auf dem Laster waren; dann machte ich einen Schritt auf das drohende Individuum zu und hielt ihm die Hand hin.
»Mit Namen heiße ich Branko, *Brankónak hívnak.*«
Stumm verfolgten die Kinder die Szene. Auch Senija, die mit gekreuzten Beinen in einem Einkaufswagen aus dem Supermarkt saß und von Ibrahim geschoben holpernd näher kam, schien es zu belustigen, dass ich mich von Askan nicht einschüchtern ließ.
Natürlich mehrte Askan seinen Groll und schüttelte mir

weder die Hand, noch sagte er, wie ich ihn später sagen hören sollte: »Askan, König der *arixhinj*.«
Er räusperte sich bloß und spuckte seine Verachtung ein paar Zentimeter neben meine Stiefel.
Ich atmete langsam, um ruhig zu bleiben, und wiederholte: »*Brankónak hívnak*, ich bin hier, um nach Platz zu fragen.«
»Was willst du fragen?«, kicherte Askan giftig. »Mit diesem *mullár* besetzt du Platz für sechs *kasolle* … Was bildest du dir ein, was du hier mitbringen kannst, die ganze Scheiße, die du in zwanzig Jahren gekackt hast?«
»Ehrlich gesagt bringe ich einen Zirkus mit«, sagte ich, bemüht, überzeugende Gelassenheit auszustrahlen. »Einen Zirkus bringe ich mit, mein Herr.«
»Einen Zirkus?« An dem Punkt begann Askan zu lachen, ein ordinäres Lachen, ein krampfhaftes Röcheln, vermischt mit Husten und Luftschnappen. »*Një cirk!*« Er wollte sich ausschütten vor Lachen, er war schon puterrot und konnte einfach nicht aufhören. Seine Schultern zuckten, während er sich an die Erwachsenen wandte, die allmählich dazukamen.
»Habt ihr kapiert?«, kollerte er atemlos, »ein *jevg* mit seinem Spielzeug ist grad angekommen!« Und gehorsam fanden alle anderen die Sache auch lustig.
Ich drehte mich zu ihnen um und sah Männer und Frauen, die wie Matrosen vermummt waren: bis zu den Knien aufgekrempelte Hosen, Gummigaloschen, Wetterjacken und tief in die Stirn gezogene Mützen.
Sie stießen sich mit dem Ellbogen an und tauschten grinsend halblaute Kommentare.
»Habt ihr kapiert?« Askan schüttelte sich immer noch vor Lachen.
»Ein *jevg* mit seinem Spielzeug ist grad angekommen!«

Ich versuchte zu sagen, dass ich dieses Wort nicht kannte, *jevg*.
»Und übrigens«, fügte ich hinzu, »ich bin aus Ungarn und habe fast das ganze Leben in Ungarn verbracht.«
»*Uh! Një hungarez!* Das hat uns gerade noch gefehlt, ein ungarischer Hundefresser!« Askan schlug sich vor Lachen mit der Hand auf den Schenkel.
Ich fühlte mich keineswegs beleidigt durch diese maßlose Heiterkeit, eher melancholisch und fremd. Und müde. Ich wartete ab.
Als Askan sich endlich beruhigte, versuchte ich es erneut: »Ich habe draußen gefragt und weiß, dass es hier Platz gibt.«

Askan war immer noch atemlos vom zu vielen Lachen, leise pfeifend sog er die Luft durch die Nase ein und steckte sich eine Zigarette an: »Warum machen wir es nicht so, dass du wieder umkehrst?« Er deutete auf eine Häusergruppe jenseits des Tors. »Du fährst zurück bis zu dem weißen Gebäude, da findest du das Obdachlosenheim. Du brauchst nur deine Papiere zu zeigen.«
»Die habe ich nicht, die Papiere«, sagte ich. »Ich bitte um Platz und weiter nichts.«
Askan beobachtete, wie die Gruppe der Barackenbewohner ernst wurde, er kaute auf seinem Gebiss, als ob es Kaugummi wäre, und dann wandte er sich, anstatt mir direkt zu antworten, an einen Alten, der soeben aus dem Container gekommen war und sich mit einer Taschenlampe den Weg bahnte.
»Gut. Ich sage es zu dir, Zlato, und wenn du mich verstehst, dann merk es dir, dass dieser Hundefresser ruhig hier bleiben kann, aber seinen *mullár* tut er raus, weil der zu viel Platz braucht, das sieht man ja, nötigen Platz, den er *nga familjet* wegnimmt.«

Der Mann mit der Boxernase blickte grimmig, er trug einen abgewetzten Pelz und hatte eine Wollmütze auf. Als Antwort starrte er auf die Kisten, die ich am Boden abgestellt hatte, dann knipste er die Taschenlampe an und begann, die Karosserie meines Lasters zu inspizieren.
Askan fixierte mich scheel.
»Machen wir, dass du da rüber gehst«, beschied er mich, als würde er einem Tier Befehle geben, »geh dahin, wo die *tubación* ist, und wenn ich heute Abend vorbeikomme, will ich deine Scheiße nicht mehr sehen.«
»Aber wo du sagst, Signore, ist es so nass wie ein See«, erwiderte ich im gepressten Tonfall dessen, der sein Unbehagen nicht mehr verbergen kann.
Askan tat so, als hätte er nichts gehört, machte ein paar Schritte zur Mitte des Camps und blickte den Alten mit der Pudelmütze an.
Der Alte knipste die Taschenlampe aus und nickte, daraufhin fügte Askan hinzu: »Der Laster *boshatise dhe sille*, den brauchen wir.«
Ich sah den beiden Männern nach, wie sie sich gebückt durch den Schlamm entfernten.
Dann lud ich meine Kisten eine nach der anderen sorgfältig wieder ein.
Die übrigen Barackenbewohner gingen einzeln davon und drehten sich alle zwei Schritte misstrauisch nach mir um.
Die Kinder stießen ein paar verrückte kleine Schreie aus und entwischten nach unten.
Auch das Mädchen in dem Einkaufswagen sprang mit einem kleinen Satz auf den Weg.

Als alle fort waren, näherten Senija und Ibrahim sich schüchtern.
»Warum, Signore, sagst du, dass du einen *circ* mitbringst?

Was ist das für ein *circ*, der in Kisten passt?«
Ich versuchte, die beiden Kinder scharf zu sehen, betrachtete ihre kastanienbraunen Haare mit einigen gebleichten Strähnen. Eine ganze Weile stand ich so da, mein Gefühl in der Schwebe, dann entschloss ich mich: »Ich bleibe nicht an diesem Platz, und den Zirkus nehme ich wieder mit.«
Die Kinder senkten den Blick und fanden nicht den Mut, noch weiter zu fragen.
Ich setzte hinzu: »Bleibt jemand von euch, wenn er so empfangen wird?«
Sie antworteten nicht.
Ich zerzauste Ibrahim das Haar, stieg in den Laster und schlug die Tür zu.
Da war es dann, dass Ibrahim an meine Scheibe klopfte: »Niemand hier in diesem Camp macht Zirkus, das ist es, es gibt Sachen, die die Leute hier nicht machen können ohne …«
»Ohne?«
»Ohne dass sie für verrückt gehalten werden … ohne dass sie für alle zum Trottel werden.«
»Ja, es gibt Sachen, die sind einfach ein Wunder, das wissen die Leute nicht«, sagte ich, »die Leute von manchen Orten.«
Es folgte Nicken, ja, ja. Und diese Bewegung, die Ibrahim mit seinen schmutzigen Kinderhänden machte.
Ich lachte: »Aber für mich ist der Zirkus immer ein Fest, so eine kleine Familienfeier, *családias* … nicht wahr?«
»Nein«, stellte Ibrahim entschieden klar, »hier kann man nur mit den Freunden feiern. Auch wenn die Freunde von dem einen nicht unbedingt die Freunde von allen werden.«

Ich fühlte mich ratlos, winkte ein Ciao durch die Scheibe, ließ den Motor an und fuhr Richtung Tor.

Doch plötzlich, im dichten Abendnebel, wendete ich wie von einer Eingebung gepackt, fuhr knatternd durchs Tor zurück und mit Vollgas den ungepflasterten Weg wieder hinauf, bis ich mit einem plumpen Ruckeln vor den beiden entsetzten Kindern anhielt.
Ich öffnete die Tür und machte ihnen ein Zeichen herzukommen: »Oder ich bleibe, aber unter der Bedingung, dass ihr mir eine Hilfe gebt.«
»Wie sollen wir dir denn helfen, Signore?«
Ich deutete auf die Ladefläche und die zehn so gut wie möglich verstauten Kisten.
»Ihr müsst mir helfen, *varázslatot* zu machen.«
Die Kinder kicherten verlegen, sie waren mager, und es lag etwas Seltsames in der Scheu, die aus ihren Augen leuchtete.
Etwas, das mich sofort an die Vergangenheit erinnerte, an die Nächte am Plattensee und den Ausdruck meines Vaters, wenn er mich in manchen Sommern anlächelte mit diesen Lippen, die nie ganz beteiligt waren.
»Und was wäre dieses *varázslatot* eigentlich?«, erkundigten sich die Kinder zögernd.
Ich erklärte, dass es sich um einen Zaubertrick handelte: »Wenn ihr mir helft, können wir machen, dass der Zirkus verschwindet und gleichzeitig dableibt.«
»*Circul,* der Zirkus?«
»Ja, der Zirkus.«
Die Kinder atmeten tief durch, als würde gleich zum ersten Mal etwas Wichtiges geschehen.
»Aber dann«, und Ibrahim stotterte fast vor Aufregung, »wenn wir dir helfen, erklärst du uns dann, warum er in den Kisten ist?«

»Natürlich! Wenn ihr mir dabei helft, den Zirkus zu verstecken, erzähle ich euch seine ganze Geschichte. Ihr gebt mir eure Hilfe, richtig?«
»*Sigur*, bestimmt«, antwortete Senija auch für Ibrahim. Und während sie das sagte, glänzte in ihren Augen ein Traum.

Es ist seltsam.
Ich habe mit den Erinnerungen an den Anfang begonnen, und inzwischen steht die Sonne schon hoch.
Hier, wo die Männer mich hingetragen haben, am westlichen Zaun. Ich liege noch auf derselben Holzplatte, aber jetzt im Schatten von Zlatos Container, beinahe genau gegenüber von meiner *kasolle*. Neben mir, das ist der Lattenzaun, der uns von der großen Straße trennt, der Lattenzaun mit dem abblätternden Lack, und ein wenig weiter drüben kommt die Seitenwand der Baracke, die Viorel frisch gestrichen hat, der türkische Halbmond auf blauem Grund, unter den jemand mit Kreide geschrieben hat *Allah akbar*. Wenn ich über diese Baracke hinausschaue, sehe ich in der Ferne die gespenstische neue Peripherie, die den Hügel hinaufklettert. Dächer voller Antennen, die die stumpfe Dunsthaube durchbohren.

Seltsam, sage ich mir. Ich bin nichts mehr.
Dennoch kann ich alles sehen, was ich um mich habe.
Einschließlich der Lippenbewegungen einiger alter Frauen, die sich im Halbkreis um mich versammelt haben.
Sie singen, was nun aus mir werden wird, mein umgekehrter Blick, der nun nach innen gerichtet ist.
Eine versucht auch, meine Geschichte zu intonieren. Ich höre sie streckenweise zwischen dem Dröhnen der Motoren, die mit Vollgas über den Ring rasen.
Sie singt, dass ich wie im Traum an einem Abend im dich-

ten Nebel mit zehn Kisten ankam, die zuerst voll waren und jetzt leer sind, dass ich ermordet worden bin, weil ich den Sohn eines lokalen *şef* getötet habe, einen Dummkopf, der hier erschienen ist, um uns das Camp anzuzünden.

Seltsam, sage ich mir. Ich bin nichts mehr.

Dennoch sehe ich, wie die Männer in diesem neuen Schimmer herumgehen. Manche nähern sich meiner Baracke, die sehe ich fast überdeutlich.

Sie mustern die Kloschüssel, in die ich ein paar Stiele Petersilie gepflanzt habe, und auch die schöne Wand bestaunen sie, wo es mir gelungen ist, das runde Fenster einer Waschmaschinentür zwischen die Bleche einzubauen.

Ihre Gesichter sind leer. Sie schweigen.

Außer der alten Zaga mit ihrem im Nacken geknoteten Kopftuch, die den kleinen Nasir an der Hand hält.

»Jetzt sage ich dir, wo Branko ist, sieht aus, als schläft er, so mit Schwamm gewaschen, dabei ist er an einem Ort, wo eine Brücke ist.«

Der Enkel rückt sich die Binde über dem schielenden Auge zurecht, blickt die Großmutter mit schräg geneigtem Kopf an.

»Ist er nach Mostar gegangen?«

»Nein, er ist auf einer Brücke aus Licht, ganz *mulaní*, und bestimmt fragt er sich ›Mal sehen, wie dieses Leben gelaufen ist‹. Verstehst du, was ich sage, Nasir?«

»Nein«, erwidert Nasir, »der Großvater sagt, man stirbt und Schluss.«

Senija sitzt abseits und schaut.

Ich sehe sie, wenn der Wind die Laken hochweht, die sich an der Leine bauschen. Sie ist von einigen Frauen umgeben, die ihr seltsame Zeichen machen. Die sie mit dem Blick befragen. Die sie anspornen: »Senija!«

Sie wirkt bloß weit weg. Als gelangten die Töne durch eine Glasglocke zu ihr. Sicherlich gefällt es ihr nicht, dass man ihren Namen sagt. Sicherlich gefällt es ihr nicht, dass man sagt, sie sei auch da gewesen, bei mir, mitten auf dem Platz.
Außerdem hat ihre Mutter ihr eben erst erklärt, was bestimmte *Mame bătrâne* von ihr erwarten. Nämlich, dass sie sich an die letzten Worte des Toten erinnert.
Deshalb steht sie plötzlich auf und geht auf die weinenden alten Frauen zu. Doch je näher sie kommt, umso offensichtlicher wird es, dass sie sich an nichts erinnert. Je näher sie kommt, umso mehr verlassen sie ihre Kräfte.
Ich sehe, wie sie stehen bleibt, wo sie ist, und sich erschöpft auf einen alten Lastwagenreifen hockt.

Am Eingangstor ist inzwischen eine Prozession von Autos im Gange. Meistens steigen Männer aus anderen Camps aus, aber auch die Ehrenamtlichen der Hilfsorganisationen, die normalerweise die Kinder aus den Baracken morgens zur Schule bringen. Und dann die Sozialarbeiterin des Bezirks mit einem Grüppchen Lokalreporter. Alle kommen und schauen, wie ich zugerichtet bin, teilweise machen sie Bemerkungen über die sieben Messerstiche, teilweise hören sie den alten Frauen zu, die unverständliche Gebete murmeln.
Die Luft ist klar wie Kristall. Nur einige erhitzte Kinder sind auf einmal beleidigt und rennen zwischen die Zäune an den Leitplanken der Autobahn.

Dennoch will ich eines betonen, aus Aufrichtigkeit.
Dass Senija, so schmächtig, so schmal, dass Senija immer die Stütze meiner Hoffnung war.
Die hübsche kleine Senija, die immer die Ellbogen auf die Knie stützt.

Die den Mut sucht, sich vorzubeugen von da, wo sie sich befindet, hinter dem Vorhang ihrer blonden Ponyfransen.
Sie beäugt meinen Körper, der schlaff wie ein Sack daliegt. Und diese Fliegen, die sich auf meine Rippen setzen.
Wer weiß, ob sie bemerkt, dass ich wie in dem Ringelreihen, bei dem alle in die Hocke gehen, weil die Welt zusammenfällt, das Knie vor ihr beuge.

»Senija!« Ibrahim kommt atemlos angelaufen. »Seit einer halben Stunde suche ich dich!«
Senija hebt ihr bleiches Gesicht, und obgleich sie Ibrahim da vor sich stehen sieht, obgleich sie seine unverwechselbare knochige Gestalt sieht, sieht sie in Wirklichkeit doch nur das ununterbrochene Kommen und Gehen, das sich rundherum abspielt, im Hintergrund.
»Senija«, wiederholt Ibrahim, während er sich auf die stacheligen Spitzen seiner Igelfrisur klopft, »sie sagen, dass es die Männer von Dumitru waren, als Rache, weil Branko den Brandstifter verfolgt hat. Und dass du seine Männer erkannt hast, stimmt das?«
Senija reißt die Augen auf, sie gleichen zwei kalten flüssigen Murmeln: »Eigentlich habe ich nur Branko gesehen, Branko, der hinfiel, und dann war er gefallen.«
»Hör zu, Senija«, und Ibrahims Stimme beginnt zu zittern, während er sich zu der Freundin beugt und sich neben ihr auf dem Reifen einen Platz freiräumt: »Senija, wenn du wüsstest, wer, wenn du sie gesehen hättest, würdest du mir dann alles sagen?«
Senija nickt unmerklich.
Und dann sitzen sie still da. Nebeneinander. Die langen, gekrümmten Körper von Kindern, die an der Grenze der

Kindheit angekommen sind, die Füße in den Gummigaloschen versunken.
Und sagen nichts. Ihr Schweigen ist so beredt, dass es auf seine Art auch eine Unterhaltung zu sein scheint.

Doch es ist seltsam. Obwohl ich nun aus dem Spiel bin, möchte ich zu ihnen hingehen, um es herauszuschreien. Dass ich versuche, einen roten Faden für mich zu finden.
Ich wollte, sie wüssten von meiner Bemühung, die Tatsachen genau zu klären. Soweit es möglich sein wird.
Tja, denn bevor ich in die Wälder hinaufwandere, möchte ich ihnen ein Gefühl dafür geben, dass dieser Vorhang zu früh gefallen ist.
Ich wollte, sie könnten erkennen, ob mein Leben zu Ende gegangen ist, weil ich versucht habe, den Brand im Camp abzuwenden, oder ob sich ein umfassenderes Schicksal gegen mich gewendet hat.
Ein Schicksal, das vielleicht mich ausgewählt hat.
Das muss ich herausfinden. Und zwar so schnell es geht, denn der Horizont verengt sich allmählich, und die Füchse haben wieder angefangen, um mich herumzustreichen. Ich fürchte, dass sie mit einem Laut meine Aufmerksamkeit auf sich lenken wollen. Einer Art stoßweisem Jaulen, das wie das Weinen eines Neugeborenen klingt.
Es ist, als wollten sie mir sagen: Mach schneller. Denn bald werden wir deine Geschichte auf ein im Fluss schwimmendes Blatt legen. Wir werden zusehen, bis es die Mündung erreicht hat. Und an dem Punkt brechen wir auf.

Gut.
Wo war ich stehen geblieben? Beim Anfang.
Als Erstes habe ich mir die Baracke gebaut, aus altem Schrott wie die anderen Baracken rundum. Dann habe ich, wie Askan mir befohlen hatte, die Kisten mit meinem Zirkus verschwinden lassen.
Von außen gesehen wirkte ich vermutlich wie alle anderen hier, in mein Schicksal ergeben, nichts mehr zu sein.
Ab und zu kam Askan vorbei und stichelte: »Na, *hungarez*, wolltest du uns einen schönen Flohzirkus zum Geschenk machen?«
Ich erwiderte, ich hätte ursprünglich von Beruf Gerüste um Häuser errichtet und könne daher, wenn er ein Geschenk wolle, seine Veranda richten, die mir ziemlich ramponiert vorkomme.
»Vergiss es!«, knurrte er. »Von dir würde ich mir nicht mal eine *papúce* reparieren lassen, und damit ist die Sache gelaufen!«
Ich machte mir nicht die Mühe zu antworten, trällerte irgendeinen Schlager und wandte mich zur anderen Seite.
Ansonsten saß ich meist regungslos auf einer umgedrehten Tonne und rauchte.
Ich beobachtete die Insekten, die trippelnden Mäuse und ein paar Frauen, die Kinder an der Hand hielten oder *careli*, Einkaufswagen aus dem Supermarkt, voller Krimskrams und gebrauchten Kleidern vor sich her schoben.
Von außen gesehen war ich, wie alle anderen hier, dazu bestimmt, die Schar der Nichtstuer zu vergrößern.
Gelegentlich betrat ich die Baracke und kam kauend wieder heraus. Ab und zu öffnete ich eine Bierdose. Die Zigarettenkippen ließ ich achtlos um mich herum fallen.
Auch die jüngeren Männer betrachteten mich mit Miss-

trauen, und wenn sie das Wort an mich richteten, dann mit Verachtung: »*Ehi ti! Oh! Aruncă cheile!*« Sie verlangten, dass ich ihnen den Laster leihen oder ihnen helfen solle, schwere Sachen zu transportieren.
Meistens bekam ich eine ziemliche Wut, aber dann tat ich seufzend, was sie von mir wollten. Und stolperte dabei über die Häufchen leerer Dosen, die mir die Hunde beim Herumspringen vor die Füße rollen ließen.
Und immer brach plötzlich Streit aus. Entsetzliches Geschrei, Beleidigungen und Handgreiflichkeiten, dann nichts mehr.
Im Nichts kehrte wieder die Ruhe der bunten Wäsche ein, die Zaga und ihre Tochter ordentlich auf die Leinen hängten. Und die hinterhältigen Seitenhiebe, der Austausch kleinerer Feindseligkeiten.
»Und du, willst du dich auch einmischen, *hungarez*?«
Verwirrt drehte ich mich um: »Ich denke nicht daran, hab schon genug eigene Probleme.«
»Dann schau doch mal da rüber! Schau ihn an da drüben, deinen *surrat idioti*!«

Nur die Kinder begannen zu einer bestimmten Stunde um mich herum zu summen.
Zuerst erschienen gewöhnlich Senija und Ibrahim, gefolgt von den Zwillingen Hajdini, rothaarig und sommersprossig, die mich mit ihren winzigen Äuglein besorgt anschauten. Sie suchten dauernd nach einem Vorwand, um sich nützlich zu machen, sie brachten mir Hände voll Schrauben und sagten immerzu: »Bitte sehr, bedien dich«, indem sie mir dieses oder jenes Werkzeug hinhielten.
An diesen ersten Abenden stand ich oben auf einer Leiter und versuchte, mein Dach mit Platten aus grünem Wellblech zu verstärken.

Senija und Ibrahim trugen Mützen, die sie in einer ständigen Bewegung auf- und absetzten.
Kichernd zeigten sie auf mein Dach: »Der Wind ist stark, er lässt einen die Sachen nicht befestigen.«
»Ja, aber der Wind ist auch ein Freund«, sagte ich, während ich versuchte, die Platten mit meinem Körper festzuhalten.
Und wenn ein Windstoß die Teile unter mir wegriss und sie über den Köpfen der Passanten wirbelnd runtersausten, dann musste auch ich lachen. Und die Haare peitschten mir in die Augen, während ich mich bemühte, das Geschnatter zum Schweigen zu bringen: »*Pszt!* Lasst mal hören, was dieser Herr zu mir sagt …«
»… als ob du meiner *filija* den Kopf abschneiden wolltest!«
»Niemals! Möge ein Gott ihr hundert Jahre Leben schenken!«
So lachten wir, bis die Platten mit viel Beharrlichkeit passabel angebracht waren und ich mit einem Sprung hochzufrieden wieder auf dem Weg landete.
Mit dieser Zufriedenheit begann ich den Zwillingen Hajdini zurückzugeben, was sie mir geliehen hatten: den Schraubenzieher, die Drahtknäuel, das Säckchen mit den alten Schrauben.
Die Kinder grinsten und tauschten zufriedene Blicke, während sie sich fröstelnd an mich drängten und sich mit den ausgefransten Ärmelbündchen ihrer Pullover die Nase wischten. Bis jemand, fast immer Ibrahim, den Mut fand, es zu fragen: »Du hast gesagt, du erzählst … du würdest uns die Geschichte von deinem Zirkus erzählen …«
Ich fasste meine Haare im Nacken zusammen: »Kümmert ihr euch erst mal darum, ihn zu verstecken, den Zirkus, dass der Tag kommt, an dem ich ihn euch erzähle.«
»Warum versuchst du es nicht *acum*?«

»Du meinst wahrscheinlich: jetzt … Jetzt bin ich müde. Aber ich verspreche euch, dass ich die Geschichte eines Tages erzähle.«

Und da mich die Kinder mit beinahe enttäuschten Fratzen ansahen, fühlte ich mich recht verlegen, und um ihre Blicke nicht ertragen zu müssen, wandte ich die Augen zu dem Dröhnen der Autos hin, das von der großen Straße herüberdrang. Dieses Dröhnen erfüllte den Himmel über uns und senkte sich wie feiner Nebel auf die Baracken nieder, zwischen die morastigen Pfützen, auf die Abwasserkanäle.

Ich zögerte ein wenig, dann entschloss ich mich, ließ die Strähnen wieder über die Augen fallen: »Also gut! *Legyen!*« Ich stellte das erste, was mir in die Finger kam, auf den Boden, einen Getränkekasten, einen Blecheimer, und machte den Kindern ein Zeichen, sich um mich herum zu setzen.

»*Tehát pontosan mi az, amit tudni szeretnétek?*«

Senija musste lachen, und aus Furcht, frech zu sein, hielt sie sich die Hand vor den Mund: »Wenn du *ungurule* sprichst, versteht dich keiner! Du verstehst dich nur selber, wenn du so redest!«

Sie war ein ruhiges, unbeschwertes Kind, und ihre Augen waren grün und still wie das Wasser in einer Waschschüssel.

»Ich habe gefragt: Was wollt ihr wissen, was interessiert euch?«

»Der Zirkus in Kisten«, warf Ibrahim ein, die Mütze in die Stirn gezogen. »Der Zirkus in Kisten, wie du angekommen bist…«

»*Igen*, ja. Der Zirkus in Kisten. Den habe ich im Osten von Ungarn geholt, das ist auf der anderen Seite von da, wo ich gelebt habe, mein Leben war nämlich immer in Budapest. Statt in Budapest zu bleiben, bin ich an dem

Tag bis in die Gegend von Tokaj gefahren, wo ein alter *cigány* wohnt, der Lásló heißt, Kócián Lásló. Ich bin zu ihm gefahren, weil ich wusste, dass er meinen Zirkus in einem Heuschober verwahrt, dass mein Großvater den Zirkus zur Zeit des letzten Weltkriegs dort bei ihm gelassen hat.«

»Ja, aber wir haben dich gefragt, wie der Zirkus gemacht ist, das sollst du erklären«, drängte Ibrahim und nahm die Mütze ab. »Wir wollen wissen, wie ein Zirkus gemacht ist, der in Kisten passt!«

Ich sah zu, wie Ibrahim sich die maisgelben Igelstacheln zurechtstrich, sein schmales, dunkles Gesicht erhellt vom Glitzern eines Rings am Ohrläppchen. Etwas in seinem Blick ließ mich an ein Reh denken, vielleicht, weil er alles im Auge behielt und gleichzeitig so klein war.

»*Jól van*, Ibrahim, ihr habt es eilig, diese Kisten zu kapieren. Gut. Dann stellt euch einen Zirkus vor, wie ihr ihn kennt, und nehmt als erstes das Zelt weg, dann die Sessel und auch die Bänke der Tribüne. Danach entfernt ihr die Tiere und am Schluss die Menschen. Wenn ihr dann alle diese Sachen entfernt habt, bleibt so ein Zirkus wie meiner übrig, den man in große Kartons packen und jahrelang irgendwo stehen lassen kann. *Értitek?* Könnt ihr mir folgen?«

Die Zwillinge Hajdini klapperten unruhig mit den Augendeckeln: »Soll das vielleicht heißen, dass es der Ramsch ist, der Ramsch, der von einem verlassenen Zirkus übrig bleibt?«

»Also ehrlich, ich habe dieses Wort ›Ramsch‹ nicht gebraucht, ich glaube nicht, dass dieses Wort richtig ist.«

Auf einmal merkte ich, dass ich murmelte: »*Nem seljtezésről van szó!*« Kein Ramsch, nein.

Doch die Kinder waren ratlos.

Und da sich gerade auch die kleine Ilma zu ihnen gesetzt

hatte, deren Onkel Djacovica ihr noch nicht mit einer Geflügelschere die Schenkel verunstaltet hatte, fand sie mit ihrer Lockenlawine, mit ihrem leicht keuchenden Atem die Natürlichkeit zu fragen: »Kann ja sein, dass es sich nicht um Ramsch handelt, aber warum hast du sie hier ins Camp mitgebracht? Was hast du dir dabei gedacht, alle diese Kisten herzubringen?«

Und da ich nicht ahnen konnte, dass es ihre Natürlichkeit in Kürze nicht mehr geben würde, beschränkte ich mich darauf, ihr mit Worten zu antworten. Denn sonst hätte ich ihr wenigstens so etwas wie eine Umarmung gegönnt.

»Aber du, zum Beispiel, Ilma, warum lebst du denn hier?«

»Ich? Ich komme doch aus Mitrovica, direkt aus Kosovska Mitrovica …«

»Ja, aber warum lebst du dann hier? Was war dein Gedanke dabei, dein Leben hierher zu bringen?«

»Pass auf, ich lebe hier, um nicht dort zu leben, weil man dort einfach nicht leben kann nach dem, was sie mit meinem Bruder gemacht haben, mit Mahala …«

»Na siehst du, mit meinem Zirkus ist es genauso, ich habe versucht, ihn hierher zu bringen, damit er nicht mehr dort ist, in Tokaj in Ungarn, nach dem, was sie mit ihm gemacht haben.«

»Was soll das heißen? Dann musst du uns jetzt erklären, was sie mit ihm gemacht haben!«

»Selbstverständlich, wenn ihr wollt, dass ich es euch erkläre, aber nicht jetzt, eines Tages, *majd egyszer …*«

»Wir sind aber jetzt hier! Warum erzählst du nicht lieber gleich weiter?«, versuchte es einer der Zwillinge noch einmal, indem er halb von dem Bänkchen aufsprang.

»Ihr sagt ›jetzt‹, während ich sage *majd egyszer*.«

Und unterdessen wanderte ich mit dem Blick über die Kinder hinaus.
Ein Streit war aufgeflammt an der Baracke von Senija, die meiner genau gegenüberlag.
Gago Cioară mit seiner schiefen Brille im gelblichen Gesicht schimpfte zu der wackeligen Papptüre hin: »*Drogurile fac rău! Drogurile sunt um blestem!*«
Und Senijas älterer Bruder schaute zur Tür raus, auch er tödlich bleich, und fuchtelte zitternd mit einem Dietrich herum: »Gago, du warst besser, als du noch getrunken hast! Hau ab! Und kümmere dich um deine eigene Leber!«
Hinter ihm tönten noch zwei andere Burschen wie er. Benommen. Besinnungslos. Sie murmelten unverständliche Beleidigungen.
Und unweit von dem Krach war auch Askan, der zuerst auf den Streit zuzugehen schien, dann aber an Gago Cioară vorbeilief und mit zornigen Schritten auf mich zukam: »*Hungarez çfarë dreqin bën!*«
Einen Augenblick später war es so: Ich saß auf dem Kanister, und er stand keuchend und breitbeinig vor mir in dieser Cowboy-Pose: »Was redest du? Was für eine beschissene *përralla* erzählst du da?«
Ich räusperte mich verlegen: »Was ich diesen Kindern erzähle? Nichts, nichts Wichtiges, nein.«
»*Eshtë më mirë*«, kommentierte Askan forsch, »ich verabscheue irgendwelche Maestros hier!«
Die Kinder aber wagten ihm nicht ins Gesicht zu schauen und waren sogar, ohne dass er etwas sagte, vorsichtshalber schon aufgestanden.
Zufrieden bog Askan den Rücken durch wie gewöhnlich, warf einen Blick auf die Kinder, während er sich den prallen, wie eine Melone vorstehenden Bauch rieb, und knurrte: »*A kështu e keni kuptuar!*«

Dann kam seine Handbewegung, dieselbe, mit der er eine Schar Hühner verscheucht hätte – »*Ish ish!*« –, und die Kinder rannten in alle Richtungen.

Es stimmt ja auch. So ist das Leben eines Menschen gemacht.
Die Zeit eines einzelnen Bildes.
Fünf Kinder im Kreis. Sie lauschen. Lauschen jemandem, der eine Geschichte erzählt.
Und sitzen dabei auf Steinen, auf rasch improvisierten Bänkchen.
So ist das Leben eines Menschen gemacht.
Es ist ein Bild, das man meint gesehen zu haben, und plötzlich wird es ohne jede Vorankündigung von einem Schmerz verschluckt.

Unter den geschlossenen Lidern die Augen noch einmal schließen.
Das Auge versinkt darin.

Dennoch rieche ich Kaffeeduft.
Und höre einige Männerstimmen.
Sie sagen, es muss vor etwa acht Stunden passiert sein.
Wie seltsam es ist, jetzt so an mich zu denken.
Als Opfer eines Mordes.
Wahrscheinlich, weil mich diese Schläfrigkeit umfängt, die wie auf dem Wasser Schwimmen ist, oder weil ich durch alles hindurchgehe wie ein aus dem Zusammenhang gerissener Gedanke.
Aber mein Herz ist stehen geblieben. Das ist eine Tatsache.
Und außerdem, wie schwer es mir auch fällt, mich als ›ermordet‹ zu betrachten, übernehmen es die Füchse, mich an die Wunden an meinen Rippen zu erinnern.

Sie schnuppern daran, und ich rieche den Wildgestank ihres Atems.
Ein Gestank, der am Anfang widerlich sauer ist, dann jedoch verwandelt er sich in den Geruch von Blättern, bei dem mir ein Buchenhain oder jedenfalls ein dichter Wald in den Sinn kommt.
Wahrscheinlich ist es wegen dem Geruch, jedenfalls merke ich auf einmal, wie ich über den Weg nachdenke, der vor mir liegt. Am Anfang ist er kaum erkennbar, stelle ich mir vor, doch dann macht er einen deutlichen Bogen nach Osten und führt ins dunkle Dickicht des Waldes.
Ich weiß, dass sich einige meiner Vorfahren in gewissen Fällen über solche unwirtliche Pfade retten konnten. Zu der Zeit, als sie Leibeigene der walachischen Fürsten waren, oder als sie, slowakische Korakanè, mit den Lovara, den Lalleri und den Ruthenen auf starken Pferden flüchteten, dort rund um Rokytne, denn sie versuchten, das gefährliche Terrain der offenen Felder zu meiden.
Probeweise wage ich mich ein paar Schritte vor. Ich bahne mir einen Weg durch Blattwerk ohne Lichtung, klettere über Steine, Dornen und hohes Gestrüpp, bis die Füchse sich mir in den Weg stellen.
»Was ist los? Warum lasst ihr mich nicht weitergehen?«
Mit einem schrillen Laut zerren sie an meinen Schnürsenkeln. Es klingt klagend, verärgert.
Und vielleicht haben sie recht, ich bin noch nicht bereit für die Reise. In der Tat sind meine Schuhe nur locker gebunden, und erst jetzt sagen die Frauen: deine heiligen Locken. Während sie mir zart die Haare kämmen. »*Părul tău sfânt.*«
Einige Frauen haben mir einen Krug heißes Wasser über den Pullover gegossen, um die Wolle von der verkrusteten Wunde abzulösen. Andere knicken mir den Arm, um ihn in eine Jacke zu zwängen, die bei dem Bemühen ein

wenig einreißt. Sie sprechen von *sfântul Iacob*, dem heiligen Jakob, der mich nur beschützen wird, wenn ich gut gekleidet zur Brücke komme.

An den Rändern dieses Camps, das hier mitten am Autobahnring liegt.
Vielleicht zum ersten Mal sehe ich diesen Ort so, wie er ist.
Immer hörte ich, dass alle ›Baracken-Camp‹ dazu sagten, aber in Wirklichkeit ist es nur ein Gerinnsel. Ein Pfropf, der vom Schicksal aus dem unaufhaltsamen Fluss der Wohlstandsströmung hinausgeschwemmt wurde.

Ich versuche, mich umzusehen.
Am Zaun hocken überall Fotografen der Lokalredaktionen. Sie knipsen wie verrückt und blinzeln zufrieden. Fast alle rücken den Maschendraht in den Vordergrund, sodass mein Bild in den morgigen Tageszeitungen Assoziationen an Konzentrationslager heraufbeschwören kann.
Manche winken den Kindern zu posieren. Und zeigen ihnen sogar, wie.
»Kommt nicht in Frage«, tritt Askan dazwischen und schubst die kleine Duma mit einem Fußtritt weg, »kommt nicht in Frage, *idiote*!«

Es ist auch heiß.
Ibrahim und Senija sitzen immer noch auf dem abgefahrenen LKW-Reifen. Hinter ihnen sieht man die aufgeschütteten Böschungen von zwei Abwasserkanälen, und obendrauf eine bunte Sammlung von Schuhen, Flaschen, Schachteln und Dosen.
Ich betrachte die gebleichten Haare der Kinder, und sie kommen mir vor wie Sonnenflecken in all dem Schlamm.

Ich möchte ihnen sagen: Was wir versucht haben, war keine Kleinigkeit, merkt euch das. Es war nicht einfach eine Herausforderung an diesen Ort.
Ibrahim nickt versonnen, aber wer weiß, ob er das denkt, was ich gerade denke.
Er nickt, während hinter ihm ein Auto über die Schlaglöcher holpert.
Mehrere Kinder kommen vorbeigefahren. Auf klapprigen Rädern. Mit wehenden Haaren.
»*Ehu!*«, sagen sie.
Oder: »Oh! Ibrahim!«
Und Wind.
Wind, der Staub in die Augen bläst, der Gerüche anderer, ferner Welten mitbringt, von Blumen, die irgendwo sein müssen, um dieses Gefühl eines beginnenden Sommers zu vermitteln.

Ab und zu dreht Senija sich zum Tor um, mustert die unablässig dröhnend hereinfahrenden Autos.
»Die von dem neuen Camp sind da«, informiert sie Ibrahim. »Und außerdem die Lehrerin von diesem Jahr, zusammen mit noch zwei Leuten von der Gemeinde.«
Und wieder Wind. Der gemessenes Gemurmel herüberträgt.
»Das jetzt ist aber die *policia*«, ruft Ibrahim und deutet auf ein Auto, das weiter drüben mit einer Vollbremsung zum Stehen kommt.
Senija dreht sich ganz langsam um, und obwohl sie alles verschwommen sieht, erkennt sie sie, ja, diese ein wenig schnaufenden Männer in Uniform, die da mit den Händen herumfuchteln. Sie winken einem grauen Kombiwagen mit einem schmalen Kreuz auf dem Dach, der langsam hereinfährt und einen Schritt von meinem Gesicht entfernt anhält.

Die Kinder auf den Rädern werden langsamer und bleiben dann stehen.
Über das ganze Camp legt sich ein lastendes, verlegenes Schweigen, das von der barschen Frage eines Polizisten durchbrochen wird: »Wer hat euch erlaubt, die Leiche woandershin zu tragen? Wisst ihr nicht, dass es Vorschriften gibt?«
»Vorschriften? Die kennen wir nicht«, erwidert Askan, über das Feuerzeug gebeugt, das nicht aufflammen will.
»Ach, die kennt ihr nicht!«, knurrt der Polizist und streicht sich nervös den Spitzbart. »Was war er eigentlich genau?«
Askan deutet auf seine eigene Jacke und breitet bedauernd die Arme aus: »Er war nicht wie ich … hier kommt jeder von woanders.«
Der Polizist schnauft hörbar, die Nasenlöcher geweitet in einer widerwilligen Grimasse: »Pass auf, wo ihr her seid, interessiert mich nicht. Ich habe gefragt, wo er herkommt, ob er Albaner war …«
»Er war nicht aus Posušje, hier kommt jeder von woanders«, wiederholt Askan eigensinnig, und weil er dieses Gespräch beenden will, geht er auf die Frauen zu, die mir gerade eine Fliege um den Hals binden, und scheucht sie fort: »*Ikni andej!*«
Der Polizist schüttelt ungehalten den Kopf, zeigt auf zwei Kinder am Rand einer Pfütze und murmelt: »Es heißt, die hier seien Flüchtlinge, aber Flüchtlinge, Zigeuner … wo ist der Unterschied? Wenn du sie anschaust, sind sie alle gleich, alle verlaust und verdreckt.«
Der Kollege nickt, aber man sieht genau, dass es ihm völlig egal ist. Er blickt den Frauen nach, während er an die Scheibe des Kombiwagens klopft: »Wollen wir mal? Los, los! Worauf warten wir?«
Aus dem Kombi steigen grinsend zwei Kerle aus, öffnen

die rückwärtige Klappe und laden eine Metallkiste aus, die beim Abstellen auf dem steinigen Weg quietscht.

Dann passiert Folgendes:
Jemand schreit: »Aufmachen! Aufmachen!«
Mit zwei hallenden Schlägen, die wie Schüsse klingen, löst daraufhin ein Typ in Uniform die Verschlusshaken an der Kiste, nimmt den Deckel ab und legt ihn auf den knirschenden Kies.
»Platz! Macht Platz!«
Ein Gemurmel ist über mir, ein paar Flüche, und eins, zwei, drei!
Mit einem Ruck heben sie mich hoch.
Ich sehe meinen Arm, der im Leeren baumelt, und dann hört man einen dumpfen Knall.

Ich möchte zu Senija sagen: Schau lieber weg. Wenigstens ist die Luft gut. Es riecht nach Pfirsichen und *cseresznye*. Und außerdem ist da dein Bruder, der kleine, der wie immer Maus spielt, eine bunte Maus, die unter die *kasolle* krabbelt.
Senija dreht sich zu ihrer Mutter um, während die sich zu dem Brüderchen beugt und ruft: »Stefan!«
Und dann das Übliche: »Es ist schlammig, komm raus da! Sonst setzt es Ohrfeigen!«
Forschend blickt Senija die Mutter an.
Sie versucht, in ihrem Gesicht etwas Beruhigendes zu entdecken, aber es ist offenkundig, dass sie nichts findet.

Und doch gelingt es mir auch in der Metallkiste zu denken. Die Nase an den kalten Deckel gequetscht.
Ich kann denken und die Dinge ordnen. Es ist unglaublich.

Mir ist sogar, als würde ich begreifen, als würde ich meine scheinbar zusammenhanglose Geschichte begreifen.
Auch die Schritte, die ich unternommen habe, obwohl ich gar nicht beurteilen konnte, wo sie hinführen würden.
Zum Beispiel der große Aufwand in der Anfangszeit, der Aufwand, um den Zirkus im Keller der alten Fabrik auf der anderen Seite der Schnellstraße zu verstecken.
Wenn ich jetzt daran denke, kommt es mir vor, als sei es letztlich gar nicht so schwierig gewesen.
Es war nicht schwierig, weil die Kinder trotz der Schilder an der verfallenen Halle – »Zutritt verboten«, »Einsturzgefahr« – die Technik beherrschten, zwischen den Zäunen durchzuschlüpfen, das Tor zu erreichen und von dort zum Eingang zweier riesiger Keller zu gelangen.
Die Erwachsenen missbilligten das.
Sie pochten auf die Einhaltung des Verbots, das die Sozialarbeiter mit so viel Nachdruck unterstrichen: »Beim Ersten, der runtergeht, wird das Camp geräumt.«

Und doch war es nicht schwierig, den Zirkus zu verstecken.
Geholfen haben uns auch die Gewitter, die mit Donner und Müll anrollten. Müll, der an den Blechplatten hängen blieb und zusammen mit dem vielen an Nägeln aufgehängten Krimskrams flatterte.
Die Gewitter haben uns geholfen und die kleinen Mädchen, die in den Autos ihrer Väter Schutz suchten. Wie Schatten saßen sie hinter den beschlagenen Scheiben und lackierten sich eifrig die Fingernägel.
Die Mütter gingen mit dem Geschirr zum Abspülen vorbei oder mit Taschen voller Gemüse, das sie aus den Abfällen herausgesucht hatten: »Senija! Roseta!«
Und Donnerknallen. Über den verstreuten Baracken.

Über den Gehäusen von alten Autobussen und ein paar eirunden Wohnwagen.
»Senija! Roseta! Seit einer halben Stunde rufe ich dich! Hast du keine Ohren? Du musst gehen! Oder meinst du etwa, *ich* fahre mit Stambuli zum Rosenverkaufen?«

Es war nicht schwierig, den Zirkus zu verstecken, weil die kleinen Mädchen, mit Fingernägeln rot wie Blütenblätter, in den Lieferwagen eines jungen Burschen aus Istanbul einstiegen und wegfuhren. Und ich traf sie dann in den Tiefgaragen moderner Einkaufszentren, während sie sich wie Insekten auf die Leute stürzten: »Eine Rose, eine Rose!« Und die Leute wichen aus.
»Senija!« Ich näherte mich, um ihr Anweisungen zu geben. »Die erste Kiste ist in Tüten umgepackt, die ich hinter ein Mäuerchen kurz vor der Unterführung gestellt habe, nicht weit vom Lichtmast.«
Und sie sofort: »Aber was sagen wir zu Askan, wenn er uns sieht…«
Ich wusste nicht, was sie Askan antworten könnten, ich winkte nur kurz, und im nächsten Augenblick war ich schon verschwunden.

Es war nicht schwierig, den Zirkus zu verstecken, weil Senija spätabends im Lieferwagen in das Camp zurückkehrte. Lustlos stieg sie auf dem Vorplatz aus. Sie verabschiedete sich von dem Rosenfahrer, während die ersten Tropfen eines neuen Gewitters fielen: »*Pe mâine!*«
»Bis morgen, ja«, erwiderte Stambuli, während er schon wendete. »*Nesër*.«
Und dann sah ich, wie meine kleine Komplizin, anstatt schnell zur *kasolle* zu laufen, ein Grüppchen Freunde zusammenrief und im strömenden Regen losging.
Ich schaute aus dem Fenster des Waschraums, bis ich das

Grüppchen jenseits der Schnellstraße wieder auftauchen sah, mit meinen Päckchen unter dem Arm. Mitten im hallenden Donner schwärmten sie aus. In ihren von den Pfützen durchnässten Turnschuhen. Mit dem Fuß stießen sie aufgeschichtetes Alteisen und Schutt beiseite, bis sie, bald auf Knien rutschend, bald sich wie Hasen windend, die weißroten Absperrbänder hochhoben, das Tor öffneten und die engen Gänge hinunterschlüpften.

Es war nicht schwierig, den Zirkus zu verstecken, weil die Kinder an einem bestimmten Moment der Nacht an meiner Baracke vorbeikamen.
Strahlend öffneten sie die Tür und sagten zu mir: »Die Kostüme und ein Plakat und die Keulen und einen weißen Hut, der wie eine Laterne leuchtet, alle diese Sachen haben wir versteckt! Sie sind in den Kellern der Fabrik, hinten am Platz, wo dransteht: ›Einsturzgefahr‹.«

Ich war da, ja. Aber ich hörte nichts.

Den Kopf an eine Blechwand gelehnt.
Ibrahim versuchte, mich aufzurütteln: »Was du uns heute Abend gegeben hast, das ist jetzt auch alles versteckt.«
»*Igen, igen*«, murmelte ich. Unter den Wimpern hervor, weiter unten.

Aber zu gern würde ich es Senija jetzt anvertrauen.
Jetzt, während sie so in sich verkrochen neben Ibrahim sitzt, dass sie beinahe wie ein Wollknäuel aussieht.
Ich würde gern zu ihr sagen: Damals, am Anfang, habe ich mich zwischen einem Schlaf und dem nächsten sehr oft gefragt, welchen Eindruck ich wohl auf euch gemacht hatte.
Zwischen einem Schlaf und dem nächsten vermutete ich,

dass ihr mich vielleicht mehr geschätzt hättet, wenn ich mein Leben als Gerüstbauer auf Baustellen in Budapest fortgesetzt hätte. Bestimmt wäre ich euch greifbarer erschienen, und zumindest hättet ihr euch vorgestellt, dass ich Geld in der Tasche habe.

Jedoch würde ich Senija auch zu gern sagen können: Wenn ich mein Leben in Budapest fortgesetzt hätte, wäre ich dir nie begegnet, und wer weiß, wie viel Sehnsucht mich dann an einem bestimmten Punkt gepackt hätte. Sehnsucht nach dem, was ich nicht hätte ausdrücken können. Sogar nach diesem in ein Jackett gezwängten Körper, den jetzt alle bemitleiden. Und nach deiner Hand, deiner Kleinmädchenhand, die sich zögernd in meinen Traum gestreckt hat: »Willst du nicht aufstehen, *maestrule*? Willst du nicht aufstehen *din noroi*?«

Eine Hand, schmal wie ein Rosenstiel: »Willst du nicht aufstehen, *maestrule*?«

Viele Tage lang bin ich aufgestanden und habe dich mit dem Blick bei der Baracke gegenüber gesucht.

Ich war zerzaust und sagte dir Guten Morgen, ja, *Jó napot*, während du da an ein Gestell gelehnt warst, an dem Töpfe und Schüsseln hingen. Du hast mit der Hand in eine Papiertüte gelangt, um deinen kleinen Bruder mit Brot zu füttern.

Auch mir hast du dein Brot immer angeboten: »*Vrei?* Magst du?«

»Nein, nein«, antwortete ich benommen.

Und du, dickköpfig: »*Vrei?*« Dann lachte ich: »Du weißt doch, wie ich esse, nachher, im Supermarkt, während ich den Einkaufswagen durch die Gänge schiebe: Ich reiße die Packungen auf und bediene mich. Willst du mit mir essen gehen?«

Du hast nur mit eigenartigem Stolz gelächelt, dich sofort wieder Stefans schrillem Weinen zugewandt.

Dann kam der Tag, an dem der Schlaf bleiern wurde: »Willst du nicht aufstehen, *maestrule*?«

Doch wie hätte ich aufstehen sollen? Wie hätte ich mich aus dem Schlamm erheben sollen?

Tja, es ist ja wahr, dass ich am Anfang hauptsächlich geschlafen habe. Und das Einzige, was mir sonst noch gelang, war, ein Schild anzufertigen, mit dem ich manchmal an der Ampel betteln ging: »Ich bin Flüchtling, arbeitslos, nicht habe Arbeit.«
Ich wollte, dass meine Botschaft richtig ist, deshalb überwand ich mich und fragte meine Nachbarn aus dem Container: »Schreibt man so oder wie? Wie schreibt man?«
Sie sahen mich misstrauisch an: »Schreib, wie du schreibst, glaub ja nicht, das ändert was an dem, was du verdienst.«
Manchmal versuchte ich, ein Gespräch anzuknüpfen. Ich wandte mich an die Alten, die auf einer klapprigen Veranda saßen: »Kommt ihr aus Rumänien? Oder woher? Woher seid ihr?«
Die Angesprochenen wechselten einen Blick: »*Ce-l interesează pe el de unde suntem?!* Was geht ihn das an?!«
Vor allem verhöhnte mich der alte Zlato mit seiner schief sitzenden Mütze und seiner Boxernase, die wer weiß wie viele Faustschläge ausgehalten hatte.
Die anderen nickten zerstreut, da sie damit beschäftigt waren, ein Bündel große Scheine zu gleichen Teilen untereinander aufzuteilen.
Also probierte ich es mit dem Argument der Veranda, fasste an die Rohre.
»Jahrelang habe ich solche Rohre montiert, wenn ihr wollt, kann ich sie euch richtig befestigen, ein *tokot* schraubt man nicht so an.«

Die Männer fertigten mich kurz ab: »*Pleacă!* Verschwinde! Für wen hältst du dich?!«
Ich blieb noch eine Weile stehen, betrachtete ihre Rücken, dann gab ich auf. Ich machte auf dem Absatz kehrt und ging Richtung Schnellstraße. Ich durchquerte die Baustelle für den Hochgeschwindigkeitszug, erreichte die ersten Wohnblocks und postierte mich an der Ampel gegenüber dem Schild eines Supermarkts.
Dort klopfte ich an die Scheiben der Autos und schniefte, während ich den auf Grün wartenden Fahrern mein Schild mit der Bitte um ein paar Münzen hinhielt.
Die Fahrer waren nicht unhöflich. Abgesehen von einigen, die brüsk abwinkten, sobald sie mich von Weitem sahen.
Die übrigen starrten, um meinem Blick nicht zu begegnen, einfach auf einen Punkt im Leeren.

Und es musste wohl mit dem Zirkus zusammenhängen. Weil sie das ganze Material so hingebungsvoll in Sicherheit gebracht hatten. Jedenfalls hörten die Kinder auf, mit ihren klapprigen Rädern kreuz und quer herumzukurven, stürzten herbei und schwirrten um mich herum, wann immer ich ins Camp zurückkam.
Manchmal folgten sie mir zu dem Verschlag mit den Waschmaschinen, während ich versuchte, mir ein paar Sätze zurechtzulegen, um mit den anderen Männern ins Gespräch zu kommen, die aber gleich in ihre Autos stiegen und mir grinsend auswichen.
Oder sie scharten sich vor meiner Baracke um mich, die Kinder, während ich herumfuhrwerkte, um einen Ofen anzuheizen, den ich aus einer alten Tonne gebastelt hatte. Ich stellte ihn zwischen meine Wand und die Seite von Zlatos rostigem Container, tat Kleinholz und zusammengeknülltes Zeitungspapier hinein, dann setzte ich mich

auf einen umgedrehten Getränkekasten, zog mir die Stiefel aus und begann, mir eifrig die kalt gewordenen Füße zu massieren.
Da war es, in diesen Augenblicken der Muße, dass jemand den Anlauf machte, mich zu fragen: »Erzählst du uns jetzt weiter, Maestro? Erzählst du sie uns jetzt weiter, die Geschichte von deinem Zirkus?«
Ich hörte auf, mir die Füße zu massieren, sah Ibrahims blaue Augen und seine kurz geschnittenen Haare, die durch das Gel abstanden wie Nägel.
»Weil sonst, Maestro, wann erzählst du sie uns denn sonst weiter, diese Geschichte vom Kék Cirkusz?« Und er zupfte an seinem gepiercten Ohrläppchen.
Ich zog die Stiefel wieder an: »*A Kék Cirkusz története ...*«
»Das steht ja auf dem Plakat, das wir heute versteckt haben«, mischte Senija sich in leicht vorwurfsvollem Ton ein. »Wir haben ein altes Plakat aufgerollt, und da stand *Kék Cirkusz, az első sátoros Cirkusz*, bloß wissen wir nicht, was das heißt!«
»Das heißt, seine Farbe ist *égszínkék*, blau, nicht wahr?« Und mit der Hand zeichnete ich die Wölbung einer Kuppel nach. »Es heißt, dass es der erste Zirkus mit Zelt ist, einem großen Zelt, das sehr blaue Streifen hat.«
»Ja, und erzählst du jetzt endlich? Erzählst du uns von diesem Zirkus mit dem großen Zelt?«

Rundherum herrschte in diesen Momenten das übliche Hin und Her von eifrig tuschelnden Männern, Lieferwagen mit geöffneten Klappen, Frauen, die Stücke von alten Rohren und Gasflaschen über den Kies rollten.
Nicht weit von uns, fast an den Zaun gelehnt, lümmelten auch die großen Enkel von Zlato auf den Sitzen ihrer Motorroller herum, ein Dutzend modisch gekleideter Halb-

starker, die sich zum Zeitvertreib neckten und lachten und einander mit der Hand auf den Hintern schlugen.
Ich weiß noch, dass ich unentschlossen war: »Dieser Ofen wärmt wenig, und außerdem, Senija, müsst ihr nicht los zum Blumenverkaufen?«
Ich versuchte, meine Ratlosigkeit auszudrücken, aber Senija und Ibrahim hatten schon ein Funkeln in den Augen und begannen sich einzurichten. Sie nahmen ein Bügelbrett ohne Untergestell und legten es auf zwei rasch aufgeschichtete Stützen aus Ziegelsteinen.
Und die anderen Kinder sofort hinterher. Die Hajdini-Zwillinge, die in ihren viel zu großen Winterjacken versanken. Und Ilma, deren Gesicht ich nicht sehen konnte, weil es unter einem Berg krauser Haare verborgen war. Und sogar Nasir, der kleine Pirat aus Belgrad, der bemerkt hatte, wie ich immer wieder auf seine Augenbinde starrte, und es mir daraufhin zu erklären versuchte, dass sein Opa dort pflügen wollte, wo die Front gewesen war. Und schließlich Roseta, pummelig und pickelig, die mich misstrauisch und scheu ansah.
Und alle. Alle schleppten irgendetwas an, das als Bänkchen dienen konnte, wackelige Gehäuse von Elektrogeräten, einen kaputten Fernseher, eine Waschmaschinentrommel, einen Stuhl ohne Sitzfläche.
Erwartungsvoll ließen sie sich im flackernden Schein des Ofens nieder, vor dem ich ab und zu die feindseligen Blicke einiger dicker Matronen auffing, die unverschämt sagten: »Roseta! Wir haben's dir gestern gesagt. Wir haben's dir heute gesagt. Es passt nicht, dass du da bei einem Schwätzer herumsitzt! Steh auf! Gleich kommt Stambuli mit den Rosen.«
Daraufhin stand Roseta auf.
Unbeholfen überquerte sie die kleine Straße, und ihre rundlichen Schenkel rieben beim Gehen aneinander.

Sie drehte sich nur flüchtig um und breitete kurz resigniert die Arme aus.
Ein bisschen Wehmut blieb zurück, wenn ich sie davongehen sah.
Wenn ich ihre Tante weiter schimpfen hörte: »Wir haben's dir gestern gesagt, wir sagen's dir jeden Tag: Der ist ein Schwätzer und will sich nur interessant machen in den Ohren der Kinder.«
Ein bisschen Wehmut blieb zurück, wenn ich sie davongehen sah.
Aber nur so lange, wie mein Getrommel auf eine kleine Blechschachtel dauerte.
So lange, wie Senija mich anhimmelte, nur so, ein wenig verlegen, ganz weit vorgebeugt.

»*Tehát, pontosan mit szeretnétek tudni?!*«
»So verstehen wir dich nicht«, bremste Senija mich sofort.
Ihr Ausdruck war noch angespannt wegen der Verlegenheit von vorher, doch dann entspannte sie sich, und ihr strahlendes Gesicht kam wieder zum Vorschein: »Wir verstehen dich nicht, wenn du *ungurule* sprichst!«
Ich berichtigte mich.
»Ich habe gesagt: Was wollt ihr denn wissen? Das mit den zehn Kisten … die ich bei meiner Ankunft dabei hatte, das hab ich euch doch schon gesagt, oder?«
»Ja, hast du«, nickte Senija, indem sie sich eine Strähne ihres Ponys um den Finger wickelte, »du hast gesagt, dass du sie irgendwo im Osten deines Landes abgeholt hast, weil du sie nicht bei einem *ţigan* lassen wolltest.«
»Genau. Also machen wir's so, dass ich es mehr oder weniger besser erkläre. Dass ich diese Kisten, in denen die Sachen waren, die ich euch gegeben habe, dass ich die

aus dem Haus eines *cigány* geholt habe, der mit Namen László heißt, Kócian László.
Kaum war ich angekommen, habe ich ihn angebrüllt: *Ide hallgass, Kócian László, add elő a holmimat!* Was hieß, dass ich sofort meine Kisten haben wollte, nicht wahr?«
»Ja, aber wer ist dieser László?«, unterbrach mich Ibrahim. »Ist er ein Freund? Einer, der im Zirkus gearbeitet hat? Wer ist das?«
»Nun, an dem Tag, als ich zu ihm kam, war er wirklich ein sehr alter Mann und hatte weißen Speichel hier in den Mundwinkeln. Angetrockneten Speichel, der unangenehm anzuschauen ist«, sagte ich.
»Allerdings, ja, was ich euch sagen kann, ist, dass er als junger Mann Zauberer war und als Zauberer zusammen mit meinem Großvater über Land zog. Er hatte sich eine Vorführung ausgedacht, bei der mein Großvater auf dem Seil balancierte, und er ließ ihn plötzlich in einer Rauchwolke verschwinden. Erst ließ er meinen Großvater verschwinden, dann sagte er zu den Bauern, sie sollten Hühner, Kaninchen und ähnliches Getier in einen Koffer legen, und die ließ er dann auch verschwinden – *varázslat!* – und stattdessen große Goldklumpen auftauchen.
Dieser Zaubertrick mit den Goldklumpen war sein größtes Kunststück, denn sobald die Bauern das Geglitzer sahen, fingen sie zu drängeln und zu schubsen an – ›meins!‹, ›Gold!‹, ›*arany!*‹ –, und auf dem Platz herrschte ein Durcheinander, das niemand mehr überblickte.
Und genau da in diesem Durcheinander, bevor jemand entdeckte, dass die Goldklumpen falsch waren, genau in der Zeit rannten László und mein Großvater mit Riesenschritten davon, und gleich danach waren sie schon anderswo dabei, die Hühner und Kaninchen zu braten.

Nur dass dann, das kann ich euch auch noch sagen, dass dann mein Großvater mit so viel Ernst und Eifer, wie man nur haben kann, weiter auf dem Seil trainiert und sich sogar auf Flic-Flac und doppelten Salto spezialisiert hat, während der andere, diese Kanaille von László, eines Tages aus Liebe aus dem Wagen ausgestiegen ist, sich einen Ring an den Finger gesteckt hat und sesshaft geworden ist.«

»War er denn *rudă*?« Senija sah mich neugierig an. »Bist du zu diesem László gefahren, weil er mit deinem Großvater verwandt war? Bei uns sind *rude* nämlich *legături sentimentale* ...«

Unterdessen war zu der Kälte der Wind gekommen, ein Nordwind, dass man mit den Zähnen klapperte. Ich zündete mir eine Zigarette an und schob noch mehr Holz in den Ofen.

»Du willst wissen, ob László mit mir verwandt war, aber wart's ab. Denn am Anfang, als ich in dem Hof seines Hauses angekommen bin, war er es, dieser László, der sich fragte, wer ich bin: ›Wer bist du?‹

Er lehnte an der Deichsel eines alten Karrens, die wenigen Haare klebten ihm am glänzenden Kopf, und er starrte mich zitternd an: ›*Ki vagy?*‹

Ich wusste nicht, wie ich ihm in zwei Worten antworten sollte, hab aber trotzdem versucht, es ihm zu erklären, das mit meinem Großvater, meinem Großvater Nap apó, den ihr ja bestimmt auf dem Plakat gesehen habt, mein Großvater ist nämlich der mit dem weißen Hut unter der blauen Schrift des Kék Cirkusz.«

»Der Hut«, murmelte Ibrahim und stieß Senija leicht mit dem Knie an.

»Aber hör zu, Ibrahim, hör zu, was ich diesem László gesagt habe: *Nap apó unokája,* das habe ich zu ihm gesagt.

Und hinterher, nach der Erklärung, habe ich ganz langsam wiederholt: ›Ich heiße Branko Hrabal und bin der Enkel eines Artisten, der vor einer Zeit von vielen Jahren gekommen ist, um dich um Hilfe zu bitten. Er ist mit seinen Wagen, seinen Tieren und seiner ganzen wunderbaren Ausrüstung hierher gekommen. Erinnerst du dich? He, Zauberer! *Hé mágus!* Erinnerst du dich an deinen Freund Nap apó, der so viele Jahre mit dir herumgereist ist, der mit dem hohen Hut … *magas kalap* … Er betrachtete dich als Bruder …‹
Doch László zitterte ununterbrochen, und man kapierte nicht, ob er sich erinnerte oder nicht, sein Rücken krümmte sich, und irgendwann fing er an, alles abzustreiten: ›Ich hätte einen Bruder? Aber wenn ich doch nie einen Bruder gehabt habe, ich!‹ Und er fuhr fort: ›Bruder? Quatsch. Was willst du mir da einreden?‹
Daraufhin, während er mich behandelte wie einen, der unwahre Sachen behauptet, kam eine so riesige Wut in mir hoch, dass ich anfing, ihm auch die Wahrheit zu sagen, die für mich am schwierigsten zu erklären war, die Wahrheit, die mich bis hierher zu ihm geführt hatte und die mein Herz mit Trauer erfüllte, *fájdalom*.
Also brüllte ich los: ›Mein Großvater, ja, er betrachtete dich als Bruder, aber du warst in Wirklichkeit nur ein Kain, du warst ein ganz gemeiner Bruder und hast ihn ja auch verraten.‹
Und ich glaube, es war dieses Wort, dieses ›Kain‹, das im Hirn des Alten Verwirrung stiftete, denn von dem Wort an hat er angefangen, etwas zu machen, was man schwer erklären kann. Er hat sich benommen wie einer, der viel getrunken hat und auf einmal fröhlich wird: *Jobb lesz, ha idehívom a fiamat!*
Er zeigte auf ein Fenster im Obergeschoss und erklärte, er könne mit großer Freude seinen Sohn herunterrufen!

Und er lachte, zeigte nach oben und wiederholte, sein Sohn sei ein frommer Kirchenmann und kenne die Schrift so gut, dass er mir Zeile für Zeile Kains ganzes Leben erklären könne.
Stellt euch das bloß vor!
Ich brüllte und beleidigte ihn, ›Bastard‹ schrie ich und ›Verräter von einem Kain, du bist schuld, dass das Leben meines Großvaters zugrunde gegangen ist!‹ Er aber kapierte das Gegenteil, hielt meine Worte für freundlich und wiederholte begeistert: ›Du bist hergekommen, um über Kain zu reden! Du hast Glück, Junge, weil es eine interessante Geschichte ist, die mein Sohn gut kennt!‹«

An diesem Punkt, während ich noch versuchte, den Kindern meine schwierige Begegnung mit László zu erklären, begann im Camp der dichte Qualm von gebratenem Fleisch aufzusteigen. Zaga erwartete nämlich in ihrer mit den schmalen Latten alter Rollläden getäfelten Baracke Besuch von ihrer Schwester und bereitete ein kleines Fest vor.
Doch mitten in dem Qualm ging plötzlich ein Geschrei los, das mich stocken ließ.
Ich unterbrach meine Schilderung, um einen Schluck Bier zu trinken, und versuchte, Askan nicht aus den Augen zu verlieren, der soeben mitten in dem Spektakel aufgetaucht war, Pfosten und Zäune versetzen ließ und zum Zeichen seiner Autorität mit einem gelben Band den Raum abgrenzte, den die arme Zaga benutzen durfte: »Was bildest du dir ein, Zaga? Bloß weil deine Schwester kommt, träumst du gleich von so viel Platz wie in einem Schloss?«
Ich rückte samt Ofen etwas nach hinten, um nicht aufzufallen.
Ibrahim warf eine Zeitung hinein und fixierte mich: »Du

hattest gerade erzählt, dass du sehr wütend warst auf diesen alten *cigány* László, weil er deinen Großvater verraten hat…«

Die anderen Kinder rieben fröstelnd ihre Arme, um sich aufzuwärmen, und krümmten sich ab und zu zitternd in ihren Jacken zusammen.

Alle starrten mich gespannt an.

Unter ihren aufmerksamen Augen nahm ich noch einen Schluck Bier.

»Ja, László hat meinen Großvater verraten und alle Leute, die im Kék Cirkusz gearbeitet haben. Aber das ist schon lange her, es war, als der Krieg kam, der letzte Weltkrieg. Damals, mit diesem Krieg überall, sind die reisenden Völker der Verfolgung zum Opfer gefallen, nicht wahr? *A fajüldözés!*«

Dieses Wort sprach ich mit besonderem Nachdruck aus und suchte auf den Gesichtern der Kinder sogleich nach einer Reaktion, die nicht kam.

Da wandte ich mich an Nasir: »Du, Nasir, hast du nie davon erzählen gehört, dass die fahrenden Artisten verfolgt wurden? Es ist noch gar nicht so lange her. Zwei, drei Generationen von Vätern und Söhnen. Das ist keine Ewigkeit.«

Nasir rückte seine Augenbinde zurecht, legte den Kopf schräg und sah Ibrahim an.

Ibrahim schnitt eine Grimasse und knüllte ein Stück Zeitungspapier zusammen, das er in den Ofen schob. Dann warf er wiederum Senija einen fragenden Blick zu.

Also fragte ich sie: »Du, Senija, hast du nie von der Verfolgung reden gehört?«

Senija schaute auf ihre Fingernägel, kratzte hier und da den roten Lack ab.

Da sagte ich leicht grinsend: »Machen wir, dass ich probiere, euch *a fajüldözés* auf diese Weise zu erklären.

Nehmt eben die Geschichte meines Großvaters.
Er, mein Großvater, also nach der ersten Jugend, in der er gemeinsam mit László als Hühnerdieb auftrat, nach dieser ersten Jugend da begann er, sich mit ernsthaften Artisten zusammenzutun und auf den Straßen Vorstellungen zu geben, die für die damalige Zeit sehr modern waren, es war ja am Anfang des 20. Jahrhunderts.
Im Unterschied zu anderen Zirkussen, die auf einem Platz mit Stühlen auftraten, und das war alles, hatte mein Großvater sich einen Stoffschutz ausgedacht. Ganz allein, das will ich deutlich sagen, hat er diesen Schutz hergestellt, hat Tage und Tage und Nächte daran genäht. Einen Stoffschutz, der, wenn man ihn vom Ende der Straße her erblickte, aussah wie eine Art großer Rock mit vielen Streifen. Und da man sich nicht vorstellen konnte, was wohl darunter war, ging die Fantasie mit den Leuten durch.
Aber auch abgesehen von der Fantasie der Leute kann ich euch wirklich garantieren, dass unter diesen Streifen viele hervorragende Artisten auftraten, viele Künstler, die aus verschiedensten Ländern stammten. Denn mein Großvater holte sie sich genauso, wie die von der Armee es machen, wenn sie Soldaten rekrutieren. Nach und nach sprach er sie unterwegs an, nahm die Besten, die er sah, wie András Sólyom, den großen Falken, der in Cernigov aufgetreten war, auf einem Jahrmarkt.
Mein Großvater sagte zu ihm: ›Ich hab dich auf dem Seil gesehen, du bist gut, deswegen frage ich dich.‹
Und los, András Sólyom fühlte sich verstanden und antwortete: ›Ja.‹
So ein Abenteuer war das damals, in jenen Jahren, die etwa die zwanziger Jahre waren. Erst waren die zwanziger Jahre, dann kamen die dreißiger Jahre, in denen allmählich *a fajüldözés* anfängt.«

Und ich wollte gerade direkt auf den Kern meiner Geschichte kommen, als die Blicke der Kinder durch etwas abgelenkt wurden, was hinter mir war.
Ich drehte mich in der Kälte um und sah Senijas älteren Bruder mit seinen Stiefeln den aufgeweichten Weg heraufschlurfen. In schlotternden Kleidern kam er näher, das Gesicht ausgemergelt und faltig.
»Senija! Senija!«, nuschelte er mit in wer weiß welchem Stoff erstickter Stimme. »Senija, geh die *mamā* rufen, sie machen Rauch, um mich zu *giften*!« Er fing an zu wimmern und auf den Qualm von Zagas Grill zu deuten: »*Te rog, te rog!*«
Er jammerte und stellte sich neben meinen Ofen, die langen Haare klebten in fettigen Strähnen an seinem Kopf: »Lass mich versuchen, dass ich mich hier aufwärme, *ungurule*, weil da drüben, da *giften* sie die Leute!«
Senija schluckte mühsam, sprang verlegen auf und kniff die Augen zusammen, um dort, wo Askan immer noch Zagas Raum wie einen Ziegenpferch mit Band eingrenzte, ihre Mutter auszumachen.
»*Mamā, mamā, Suat se simte rāu!*«
Und ich erinnere mich, dass ich Draka aus einem Grüppchen heraustreten sah. Sie war bildschön mit ihrem zum Pferdeschwanz gebundenen Haar, den weich unter ihrem Rock wogenden Hüften und den seifenglatten Fersen, die aus den Schlappen herausrutschten. Sie rief den Namen ihres Sohnes.
»Suat! Suat! Was ist jetzt wieder los? Was brauchst du?«
»*Vor sā mā otraveascā!*«, antwortete Suat, verlor das Gleichgewicht und fiel auf mich. Ich versuchte ihn zu stützen und spürte seine mageren Rippen, die herausstanden wie Stäbchen. An meinen Hals geklammert, bemühte er sich, weiter mit seiner Mutter zu sprechen.

»Es ist der *fiul* von Askan, der ist es, Gringo! Er lässt Zaga kochen, damit es mich *giftet*!«
»Wovon redet dein Junge eigentlich?«, fragte ich Draka, die inzwischen zu uns herübergekommen war. »Was ist los mit ihm?«
Sie schüttelte den Kopf: »Er sagt, sie haben noch mal probiert, ihn zu vergiften, aber das bildet er sich alles ein«, und während sie das sagte, zog sie ihren Sohn heftig am Arm: »Dann geh doch weg von den Leuten, du Idiot von einem Quatschkopf! Lass den *hungarez* los, du blöder Bastard!«
Unter dem wütenden Gezerre der Frau löste sich Suat von mir und begann zu schwanken: »Es ist der *fiul* von Askan, Gringo, der die Frauen überredet, die Luft zu giften! *Datelo*, bitte!«
»Hört ihr dieses bescheuerte Gefasel?!«, brüllte Draka immer rasender. »Seit fünf Jahren sind wir nicht mehr in Rumänien, und was soll das jetzt heißen, *datelo*!? Mit den ganzen Drogen, die ihm das Hirn erweichen, hat er immer noch nicht reden gelernt, dieser Unglücksmensch! Aber ich frage, willst du, dass uns alle hassen!? Willst du, dass sie uns wegschicken?!«
Nach diesen Worten hob sie ein durchnässtes Stück Pappe vom Boden auf, schwang es wie eine Peitsche und fing an, ihrem Sohn damit auf den Kopf zu hauen: »Schau nur, wie du dich zurichtest! Wer hat den Mut, dich noch sein Kind zu nennen!«
Suat versuchte, den Schlägen auf den Kopf seitlich auszuweichen: »Schämst dich für deinen *fiul*, du, die Mutter? Eine Hexe bist du, *du-te a casă*!«
Und Draka: »Unglaublich! Ich soll nach Hause gehen? Und du bringst mich hin? Mit diesem Kopf?«
Es folgte ein Spektakel von Beleidigungen und undeutlichem Gebrumm, Stoßen und Schieben und Beinah-

Stürzen, das sich hinzog, bis es der erschöpften Mutter gelang, Suat am Ohr zu packen und ihn wegzuziehen wie einen Hund an der Leine: »Hat dir die Geschichte mit der Sozialarbeiterin nicht gereicht? Hat dir der Ärger nicht gereicht, den wir seit zwei Jahren deinetwegen durchmachen?!«
Bis die Tür ihrer *kasolle* zugeschlagen wurde und sich im Camp wieder der Lärm von klappernden Tellern, laufenden Fernsehern, Motorrädern und klingelnden Handys ausbreitete.
Wir standen reglos da.
Im Wind verwandelte sich der Nebel allmählich in Schneeregen und stach einem mit kalten Nadeln in die Wangen.
Gago Cioară ging an uns vorbei und deklamierte einen Vers aus seiner Bibel: *Der Zorn des Herrn wird die ganze Erde verbrennen.*
»Steig trotzdem ein«, forderte Gringo ihn auf, indem er mit seinem alten Mercedes ohne Auspuff scharf neben ihm bremste. »Ist es denn möglich, dass diese Religion, der du anhängst, nur Worte für Drohungen hat? Oder bist du das? Ist es nicht so, dass du am liebsten solche Stellen auswählst?«
Gago stieg grinsend ein.
Zlato dagegen, der mit Rasierschaum auf der einen Backe aus dem Container herausschaute, machte mir Zeichen und deutete auf Senijas *kasolle*: »Außerdem ist diese Draka auch noch Witwe, bei den ganzen Drogen, die sie dem Sohn zahlt, käme sie mit einem Sarg billiger weg …«
»Warum denkt er nicht an seine Enkel?«, murmelte Senija neben mir. »Warum denkt er nicht an sein eigenes Unglück?«

Wir standen immer noch da.
Dann setzten die Kinder sich nach und nach wieder und schauten mich aus dem Augenwinkel an.
Ich setzte mich ebenfalls.
Ich schob ein Stück Pappe in den Ofen und zündete mir die soundsovielte Zigarette an.
Gern hätte ich weitererzählt, aber ich zögerte.
Ich sah nämlich nicht die Flammen des Ofens, obwohl ich sie betrachtete, ich sah etwas anderes und trocknete mir mit dem Jackenärmel die Feuchtigkeit des Nebels ab.
Senija kaute besorgt auf ihrer Lippe: »Wenn es meinem Bruder nicht gut geht, macht er die Leute immer durcheinander, und ich sage, es ist ja normal, wenn du jetzt nicht mehr erzählen willst.«
»Aber nein, es ist nicht wegen deinem Bruder, Senija. Ich hab mich hier hingesetzt und angefangen zu reden, aber … jetzt kommt eine Kälte auf, wie Eisnadeln, und ihr, habt ihr bei diesen Eisnadeln genug Aufmerksamkeit, um dahin mitzugehen, wo ich euch hinführe?«
Senija schien den Sinn meiner Frage nicht zu begreifen, sie hauchte auf ihre Hände und nickte trotzdem verunsichert mit dem Kopf.

»Gut, *igen*. Wenn ihr diese Bereitschaft habt, sage ich, dass Kék Cirkusz, bevor er in Kisten verpackt bei diesem verfluchten Káin von László landete, ein riesiger Zirkus war.
Versucht mal, die Augen zu schließen und euch vorzustellen, ihr wärt die Bewohner eines fernen Dorfes, in einer von diesen dunklen Nächten, und als ihr gerade schlafen gehen wollt, dringt euch ein *csörömpölés* ans Ohr, ein Schellenläuten, nicht wahr? Hört ihr's? Dieses Geklingel kommt von den Werkzeugen und Töpfen, die gegen die Wagenwände schlagen, und untendrunter vernehmt ihr

wie ein Rascheln vom Boden her auch ein Getrappel von Pferden, die sehr müde sind.
Zuerst hört ihr diese Geräusche, und dann seht ihr die ersten Schatten, lauter dunkle Silhouetten, die sich vorwärts bewegen wie eine *kígyó*, eine Schlange der Nacht, nicht wahr?
Eine *kígyó* aus Wagen, die von Pferden gezogen werden. Und noch weiter hinten könnt ihr Menschen zu Fuß erkennen, einige davon in Röcken; sie bilden das Ende der Reihe. Und da ist auch meine Großmutter Borbála dabei, die ihr Kindchen, meinen Vater, im Arm hält und ihm zum Einschlafen etwas vorsingt. Sie singt ein lustiges Lied, das sie in Bratislava gelernt hat, es geht so: *Podikhèn, sir joj khelèla, so phurìjoj, kon phenela?* Schaut, wie sie tanzt, wer würde je wagen zu sagen, dass sie alt geworden ist?
Ihr könnt sie zwar nicht gut sehen, weil es Nacht ist und sie ganz hinten in der Reihe geht, aber ich will euch doch erklären, dass sie eine sehr elegante Frau ist, eine Frau, die die österreichischen Pferde des Zirkus Eisenstadt verlassen hat, um im Zelt meines Großvaters *Podikhèn* zu singen. Und um sie herum sind noch viele andere wunderschöne Frauen, aber sie sind alle Schatten, die wir nicht unterscheiden können.
Außer meinem Großvater, der mit dem ersten Wagen die *kígyó* anführt und einen sehr hohen Hut aufhat, einen weißen Hut von so leuchtendem Weiß, dass ihr mir glauben müsst, wenn ich sage, dass er einen Lichtschein ausstrahlte.
Und während ihr gebannt am Fenster stehen bleibt und auf diesen Schimmer starrt, hört ihr unterschwellig auch die Stimme hallen: *Gyí te! Gyí te!*, womit mein Großvater die Pferde ermutigt, die immer langsamer werden, bis die Räder wegen der übergroßen Langsamkeit zu quiet-

schen beginnen und die Karawane am Rand des Dorfes anhält.
Und so geschieht es dann auch. Es geschieht, dass die riesige Stoffmenge vom Wagen abgeladen und an den Pfosten befestigt wird, die den Umfang markieren. Und wenn der Stoff einmal an den Pfosten befestigt ist, wird er an die Rolle gehängt und hochgezogen bis zur Spitze des großen Masts in der Mitte, und am Morgen gleicht das Ergebnis einem *látomás*.
Ich sage *látomás*, weil das Zelt sich wie eine Fata Morgana an einem Platz erhebt, der bis zum Abend vorher leer war, und euch der Anblick schier verzaubert.
Und dieser Zauber regt zum Träumen an, weckt eine Fröhlichkeit, die sich über Felder und Tennen ausbreitet wie eine Epidemie.
Seid ihr soweit?
Ich erzähle euch alle möglichen Sachen, aber könnt ihr meinen Worten auch folgen?«

Die Kinder nickten verträumt. Sie zogen die Nase hoch. Ab und zu stand eines auf und hockte sich vor die Glut im Ofenloch. Es blieb da, bis es, wenn es sich wieder umdrehte, rote Backen hatte wie die *piros*-Äpfel.

»Dann passt auf, diese ansteckende Fröhlichkeit, die das Zelt meines Großvaters bringen konnte, verschwand allmählich, und nach und nach änderte sich die Lage.
Vor allem auf dem Gebiet von Ungarn, Österreich und Polen.
Denn während die Karawane des Kék Cirkusz herumreiste, um ihre herrliche Kunst vorzuführen, geschah es immer häufiger, dass sie dabei nicht mehr Leuten begegneten, die auf dem Weg zur Arbeit waren, Menschen, die unterwegs waren, um den Tätigkeiten ihres normalen Le-

bens nachzugehen, sondern zunehmend Soldaten von Armeen antrafen, die auf den Straßen der anderen einmarschierten.
So zeigt sich nämlich ein Krieg am Anfang, niemand sieht ihm ganz direkt ins Gesicht, jedoch befindet man sich auf einmal mitten in einer Bewegung von Uniformen, Waffen und Menschen, die nicht mehr lächeln, sondern harte, misstrauische Gesichter haben.
Und die finsteren Gesichter, das Grau der Waffen und Uniformen nahmen tatsächlich ständig zu, es begann sehr eng zu werden für die Leute des Kék Cirkusz, denn wenn sie nach freien Plätzen suchten, den üblichen, wo sie sich ausruhen konnten, stießen sie meist auf eine Menge Militärs, die diese Plätze schon besetzt hatten und Befehle gaben in Sprachen, an die mein Großvater wirklich nicht gewöhnt war.
Und das Freundlichste, was die Soldaten in diesen Sprachen sagten, war eine Aufforderung: ›Hör zu, alter *Zigeuner*, wir raten dir, hier wegzugehen!‹, und ihr Tonfall klang noch gutmütig, ›wir raten dir wegzugehen, so schnell du nur kannst, weil wir bald alle Zigeuner wie dich verhaften müssen, wir fangen mit dieser Rassensäuberung an, und deine Rasse ist eine von denen, die man auf den Straßen hier nicht mehr sehen will …‹
›Welche Rasse denn?‹, erwiderte mein Großvater, forsch auf das Wagendach gestützt. ›Welche Rasse *fajról van szó*? Wo ich doch selbst nicht weiß, was für eine Rasse ich im Blut habe, da wir Artisten sind und nur unsere Kunst im Blut haben und Schluss!‹
Er war stolz und majestätisch unter seinem leuchtenden Hut.
›Hau sofort ab!‹, drängten ihn die anderen unbeirrt weiter. ›Hör auf uns!‹

Aber auch als sie so mit ihm zu reden begannen, fiel es meinem Großvater schwer zu glauben, dass es irgendwelche Wahrheiten gäbe, deretwegen man sich Sorgen machen müsste. Im Grunde war er ja daran gewöhnt, denn dort in Ungarn oder in der Ukraine oder in Polen hatte er seitens der Polizei oder auch bestimmter mächtiger Grundbesitzer schon viele hässliche Dinge gegen seine Leute erlebt. Vor allem in der Zeit, als er mit László die Schwindeleien begangen hatte, war stets ein Aufpasser zur Stelle gewesen, der sie verhaften lassen wollte, weil sie irgendein Tier gestohlen oder die Zuschauer mit falschen Goldklumpen hereingelegt hatten. Kurz und gut, all dieses *Sho cigány!* war ihm nicht neu.
Bis eines Tages im Winter in der Nähe von Sopron, als mein Großvater gerade die Zebras zur Tränke führte bei Maria, was der Name eines Brunnens ist, zwei Kalderasha zu ihm kamen, die auch zum fahrenden Volk gehörten und mit ihren Familien als Kesselschmiede herumreisten. Sie versuchten, ihm die Verfolgung auf andere Art zu erklären: ›Hör zu, Nap apó, hier gibt es keine Zeit zu verlieren mit Kessel schmieden oder Tiere pflegen, hier haben die Militärs – nicht alle, aber bestimmte – den Befehl, uns alle in einem Ofen zu braten, uns Kalderasha, die Ashkali, die Lovara, die Roma aus dem Norden, einfach alle, die kein festes Haus haben; die Männer enden wie der Truthahn *serpenyős*, die Frauen dagegen nehmen sie sich, damit sie den Soldaten zu Diensten sind.‹
Da verstand Nap apó, dass die Lage bitterernst geworden war, und musterte seine Artisten, die sehr erschrockene Gesichter machten, vor allem die Akrobaten, die Gebrüder Duka, die erklärte Roma aus Dobrudscha waren.
Nap apó betrachtete ihre Besorgnis, und zuletzt entschloss er sich: ›Gut, es ist egal, wer von uns Roma-Blut hat und wer nicht, ich sage, wir gehen jetzt alle zusammen nach

Tokaj zu meinem Freund László, wir gehen zu ihm, denn er war ein großartiger Zauberer und kann uns den Weg zu Orten weisen, wo die Menschen nicht festgenommen werden.‹
Und seine Artisten, versucht sie euch vorzustellen, sie waren so durcheinander, dass es ihnen nicht einmal gelang, vernünftig zu denken: ›Und wer wäre jetzt dieser Zauberer, von dem du plötzlich sprichst? Warum sollten wir zu einem *varázsló* gehen, der gar nicht zum Kék Cirkusz gehört, um den zu fragen?‹
›Mag sein, dass ihr den Zauberer László nicht kennt, aber ich versichere euch, dass er für mich wie ein Bruder ist‹, beruhigte sie mein Großvater entschlossen, ›denn László ist auf demselben Wagen geboren wie ich, und auch wenn er aus Liebe zu einer Frau seit einigen Jahren sesshaft geworden ist, so hat er doch in der ganzen Welt mit mir Vorstellungen gegeben und wusste nach jeder Vorstellung, wie man in Luftlinie wohin kommt, auch ohne Straßen, er kannte die Furten durch die Flüsse und die geheimen Wege durch den Wald.‹«

Ich bemerkte, dass der Ofen beinahe ausgegangen war. Fröstelnd sah ich mich um. Der Wind hatte die Gerüche nach gebratenem Fleisch fortgeblasen und wehte nun Sandkörner ins Camp. Gelben Wüstensand. Ein Wind, der die Hüte wegpustete und einen zwang, die Augen zusammenzukneifen.
»Und dann? *Dupā acea?*«
Die frierenden Kinder schienen von meinen Worten hingerissen zu sein und schauten mit tränenden Augen auf die längst erloschene Glut in der Tonne.
Nur die Hajdini-Zwillinge waren kurz weggegangen und bemühten sich nun, das Feuer mit kleinen Holzstücken wieder anzufachen.

Ilma hatte sich eine Decke umgelegt, lehnte an der Wand meiner *kasolle* und fragte mich immerzu: »Und dann? Und danach?«

Es war, als könnte sie mein gelegentliches kurzes Zögern kaum ertragen.

Der Verkehr auf dem Ring hatte maßlos zugenommen und rauschte wie ein überquellender Wasserfall.

»Und dann?«

Doch ich hatte an diesem Punkt das Erzählen aufgegeben.

Allmählich kroch die Dunkelheit an den Baracken hoch und umzüngelte all die elenden Behausungen, und zwischen den Wegen, mitten in dem herumliegenden Spielzeug, waren Zlatos Enkel aufgetaucht, die Halbstarken mit dem frechen Gesichtsausdruck; schon für die Disko gekleidet, näherten sie sich unserem Kreis, um zu schauen, und lachten dann hämisch mit dem stumpfen Blick derer, die sich kein Ziel zu setzen wissen.

Aus purer Langeweile sprangen einige von ihnen mit geschlossenen Füßen in die schlammigen Pfützen und spritzten mir kichernd die Kleider nass. Andere lehnten sich auf eine Stereoanlage, den pulsierenden Sound ihrer *house music* voll aufgedreht.

Ich warf einen letzten Blick auf meine kleine Zuhörerschaft: »Die Sachen, die ich euch gegeben habe … stammen von dem Zirkus, von dem ich euch eben erzählt habe …«

»Ja«, schloss Ibrahim mit seiner Bitterkeit eines Kindes, »und wir verstecken sie in den Kellerräumen unter der Fabrik, wo Schilder hängen, auf denen ›Gefahr‹ steht, am Platz draußen, hinter dem Lichtmast.«

Und gleich darauf sprang Nasir auf, der kleine Pirat aus Belgrad, der sich über die Augenbinde strich, während er fragte: »Kann ja sein, dass wir es schaffen, den ganzen

Zirkus zu verstecken, von dem du erzählt hast, aber was machen wir am Ende damit, dass wir ihn in Sicherheit gebracht haben?«

Ich überlegte kurz, dann fragte ich zurück: »Aber du, Nasir, du bist doch aus Belgrad, stimmt's? Habt ihr während der Bombardierungen keine Sachen in Sicherheit gebracht?«

»Doch, alles Mögliche haben wir gerettet, aber genau erinnere ich mich nur an den Karren meines Großvaters.«

»Und was hat euch der genützt?«

»Na ja, den brauchten wir unbedingt, um über die Grenze zu kommen, von Sombor nach Vukovar, sonst hätten wir das nicht geschafft, mit meiner Großmutter, die nicht gehen konnte.«

»*Igen*, genau! Genau so ist es mit unserem Zirkus. Wenn wir ihn erst einmal gerettet haben, könnte es auch passieren, dass er uns rettet, ein bisschen wie der Karren, selbst wenn uns, um über die Grenzen zu kommen, vielleicht die Räder fehlen …«

Und ich hätte auch noch weiter scherzen können, wäre nicht Askan, immer noch mit finsterem Blick wegen der Sache mit der Einzäunung, mit raschen Schritten auf uns zugekommen. Er näherte sich und richtete seine feindseligen Augen auf mich wie zwei Kalaschnikows: »Und du? Fängst du heute auch noch an? Wer hat dir erlaubt, in der Tonne Feuer zu machen? Weißt du nicht, dass man das von der Straße aus sieht?«

Ich zuckte die Achseln: »Es ist einfach kalt, Askan, wie willst du diese Kälte anders aushalten?«

»Sag das mal denen von der Gemeinde, dass es kalt ist, wirst sehen, was sie dir antworten! *Ik pirdhu. Do të thonë!*«, empörte sich Askan, und seine schräg über das Ohr gekämmte Strähne bebte wie ein kleines Büschel frisches Gras.

Ich erwiderte nichts, während er, aufrecht, das Gesicht im Wind, verächtlich auf einem Stöckchen herumkaute: »Außerdem will ich wissen, was für Scheiße du dauernd erzählst, das musst du mir ein für alle Mal sagen, welche Kacke du da verbreitest!«
»Ehrlich gesagt ist es bloß ein Märchen«, antwortete ich, indem ich aufstand und instinktiv zurückwich, »ein Märchen darf man Kindern wohl erzählen.«
»Ach, ein Märchen, damit musst du jetzt aufhören, mit diesem verfluchten Märchen!«
»Wenn es mir passt«, so hatte ich in jenem Augenblick versucht, mich zu wehren, »wenn es mir passt, höre ich auf damit.«
»Wenn es dir passt?«, hatte Askan daraufhin geknurrt und die Splitter seines Stöckchens nach mir gespuckt. »Weißt du, wie es der Bärin Bozana passt, dass sie tanzen soll? Mit dem Feuerstock, da folgt sie wie eine schöne Dame!«

Ganz plötzlich wurde es dann Nacht. Und nur manchmal konnte man den Mond sehen.
Ab und zu schaute ich zur *kasolle* hinaus. Ich versuchte zu erkennen, ob Senija noch wach war, ob sie vielleicht durch den Spalt der noch geöffneten Tür spähte.
Wir winkten uns verstohlen zu.
Ihre Mutter stand um diese Zeit draußen auf dem Weg in der Eiseskälte und wartete auf Suat, und um sich Haltung zu geben, tat sie so, als müsse sie einige Wachstuchstücke anbringen, die die Baracke vor dem Nordwind schützen sollten. Ich ging hinaus und wollte ihr helfen.
Doch sie: »*Lasă maghiarule, lasă*, lass nur, wenn überhaupt, müsste Suat sie anbringen, falls er sich entscheidet, endlich heimzukommen, der Hundesohn …«
Ich sah der Frau zu, wie sie in einen Schal gewickelt mit Hammerschlägen das Wachstuch annagelte. Doch nach

einer Weile wurde ich müde, machte auf dem Absatz kehrt und konnte nichts weiter tun als wieder hineinzugehen und mich auf meiner Matratze auszustrecken, die, sobald ich mich hinlegte, erbärmlich quietschte.
Mitten in der Nacht erwachte ich von lautem Geschrei: »Scheißbarackenvolk! Geht nach Hause zurück!« Es kam von der großen Straße, begleitet von Schüssen. Unvermittelte Geräusche.

Mit klopfendem Herzen stand ich auf und spähte erneut durch die Tür.
Manchmal geschah es, dass ich Zlato bei der Liebe hörte, er keuchte und stöhnte und deklamierte ein Crescendo von Unflätigkeiten auf Rumänisch, die sogleich Gago Cioarăs Empörung entfachten. In aller Eile kam er aus der *caravană*, ich vernahm seine Schritte auf dem Kies, bevor er seine Verwünschungen ausstieß: »Ihr fetten Kühe von Basan, ich werde euch die Pest schicken und mit dem Schwert töten, denn der Gottlosen ist nicht das Himmelreich!«
»Krepier, Gago!« Zlato riss die Tür des Containers auf und schüttete einen Eimer fauliges Wasser über Gago. »Alte Krähe! Ich pfeife darauf, dass du krank bist! Lass uns leben! *Gago ga!*«
Die Frau im Container lachte schrill mit Zlato und stimmte gleich darauf mit betrunkener Stimme ein schleppendes Lied an: *Sbohem galánečko, já už musím jíti.*

Manchmal passierte es, dass ich Suat heimkommen sah.
Er stolperte über die Bretter eines Podests.
Er schleuderte seine Stiefel, einen hierhin und einen dahin, und machte einen Heidenlärm.
»Suat, Suat!«, hörte man Draka sofort rufen.

»Hm?«, machte er, während er ein Päckchen aus der Tasche zog, eine der Wachstuchbahnen abriss, die seine Mutter eben angebracht hatte, und etwas in eine Spalte schob.
»Suat, *eşti tu*?«
»Scheißfrage!«, knurrte er. »*Nu mā vezi?* Siehst du mich nicht?«
Draka beugte sich verstrubbelt heraus: »Komm rein, Suat, dein Vater hat ja viel falsch gemacht, sonst läge er nicht, sage ich, in einem Grab, aber er hat wenigstens nur getrunken und Schluss, aber was du machst, Suat, ist nicht nur trinken, vermute ich.«
Suat wünschte sie zum Teufel. »Still, zum Henker!«, rülpste er.
»Pssst!«, machte sie und wedelte mit der Hand. »Schrei nicht so! Askans Sohn hat sowieso schon entschieden, dass du gehen musst. Und auch Askan sagt jetzt, dass es deine Schuld ist, wenn ständig die Polizei hier ankommt!«
»*A da!?* Ach ja!? Meine Schuld?«, regte Suat sich auf, mit von wer weiß welchem Stoff besessenen Augen. »Und warum sagt er das nicht mir direkt? Warum sagst du ihm nicht, dass er zu mir kommen soll mit seiner *giacā de carnaval*, seiner Karnevalsjacke, sag ihm doch, er soll herkommen und meinen Schwanz bändigen! Der Scheißkerl!« Und nach diesen Worten ließ er hastig die Hose herunter und zeigte seinen halb aufgerichteten Penis.
»Du redest irre, Suat, pack das Ding weg!«, flehte die Mutter verängstigt. »Siehst du nicht, dass du neben deiner Schwester stehst?«
Doch: »Komm, Askan!«, brüllte Suat ordinär in das erste Tageslicht hinein. »Komm, du Arschloch von einem Skipetaren, und lutsch mir den Schwanz hier!«
»Still!«, wiederholte Draka immer beklommener. »Still,

wenn er dich hört…« Und sie versuchte ungeschickt, ihren Sohn hineinzuziehen.
Aber nichts zu machen. »Soll er's hören!«, schloss Suat herausfordernd.
Und danach sah ich, wie er zu dem menschenleeren Weg hin gedreht mit vorgebeugtem Rücken masturbierte, während er weiter mit belegter Zunge murmelte: »Soll doch kommen, soll doch kommen, dieser Bastard, soll kommen und diesen Schwanz hier lutschen!«
Dann zuckte sein Körper ein paarmal krampfhaft und plumpste wie ein Sack rückwärts auf den Fußboden der Baracke.

So war also die Nacht.
Nur manchmal konnte man den Mond sehen. Ich wusste nicht, ob seine verschiedenen Formen einen Namen hatten, aber Senija hatte eigene Namen dafür geprägt. Wenn er voll war, war er der Ballon, der Warmluftballon zum Monte Negoiu, wenn er abnahm, war er die Schaukel der Kinder von Târgu, und wenn er nur eine Sichel war, war er die *Speranța circului salvatoare*, also die Hoffnung auf den rettenden Zirkus.

Dennoch verlässt mich auch in dieser Metallkiste, in der ich mein Leben überdenke, nicht der Wunsch zu probieren, Senija an die Hand zu nehmen.
Der Wunsch, Senijas Hand zu nehmen und gleich darauf auch die von Ibrahim, verlässt mich nicht.
Denn mehr, mehr als alles Begreifen, um das ich mich bemühe, würde ich ihnen gern weiter beistehen, während sie sich in dieser Wüste aufhalten. Vor allem jetzt, wo die Journalisten sie bedrängen und mit dem Mikrofon in der Hand fragen: »Kinder, erinnert ihr euch an diese Geschichte aus der Zeitung? Das kleine Mädchen na-

mens Zaira, dem die Handgelenke gebrochen wurden? Und an diesen János vom Karussell? Ein Vergnügungspark …«
Die beiden, wie übrigens alle Barackenbewohner hier, haben keine Lust, sich an bestimmte Vorkommnisse zu erinnern. Auch nicht an die Geschichten von Personen. Aber sie sagen: »Wir meinen, ja.« Sie sagen: »Irgendwie schon.«
Damit die Journalisten sie nicht weiter quälen, damit sie sie in Ruhe lassen und endlich gehen.

An diesem Ort, dem es an geschlossenen Türen mangelt. In diesem Hin und Her von heruntergekommenen Gestalten mit Kinderwagen, die statt Babys Wasserkanister durch die Gegend fahren.
In dieser Situation, in der Senijas Mutter herumschwirrt wie eine Fliege: »Hör zu, Senija, im Augenblick bin ich noch hier, ja? Aber versuch du nur, den Journalisten zu antworten, ich gehe solange dorthin, und dann rufe ich Askan, ich komme rauf, gehe runter … *merg sus, merg jos …*«
Senija nickt ausdruckslos.
Sie mustert einen Typen, der ihr ein Mikrofon hinhält und herumhüpft und über eine Plastiktüte stolpert, aus der Glasscherben, Hühnerknochen, Plastikflaschen und verschiedene Dosen herausfallen: »Entschuldige, Kleine, aber mein Kollege hat gesagt, er hat dich neben dem Toten gesehen, wie du christliche Gebete gesprochen hast … seid ihr denn hier nicht Moslems?«
Senija streicht über ihre Ponyfransen, wendet sich zu Ibrahim: »Ich meine, dass nur manche hier zu den Christen gehören, aber was will er eigentlich genau von mir wissen?«
»Keine Ahnung«, brummt Ibrahim mit verlegen ange-

spanntem Gesicht. »Und außerdem bist du aus Târgu Mures.«
»Ja, aber welche Religion haben sie da?«, fragt der Journalist.
»In Târgu Mures gibt es eine Moschee, eine katholische Kirche und eine orthodoxe.«
»Und das heißt…«
Weiß man nicht. Aber es ist sowieso alles recht. Ibrahim fängt zu lachen an, und dann lacht auch Senija. Sie flüstern miteinander.
Dann lachen sie wieder.
Als fühlten sie plötzlich eine seltsame, grundlose Fröhlichkeit. Ohne den Alltagsrhythmus. Während sich ihre Augen weiten und wieder zusammenziehen.

Vielleicht, weil die Steine in der Sonne funkeln.
Weil diese lockeren Steine bei jedem Schritt den Schlamm aufspritzen lassen.
Senija trocknet sich die Lachtränen und schnappt glucksend nach Luft.
Und sie ist ganz offensichtlich verwirrt, während sie ihre seegrünen Augen aufreißt.
Sie ist so verwirrt, dass ich gern zu ihr sagen würde: Hör zu, Senija, falls ich dort, wo ich hingehe, je den Zigeunern begegne, werde ich dafür sorgen, dass sie herunterkommen und dir einen weißgoldenen Weg ebnen.
Ich würde ihr gern den Weg aufzeigen, ja, sie auf diesen Weg bringen mit nur drei standhaften Worten: Ich beschütze dich, doch genau, als ich das denke, lässt ein Polizist sie ruckartig aufspringen. Er klatscht in die Hände und verscheucht die Fotografen.
»Du bist Senija, nicht wahr? Hör mal, du musst uns erzählen…«

Senija blickt auf den Boden und dreht mit der Spitze ihres Gummistiefels einen Käfer auf den Rücken.
»Du musst uns alles erzählen, was du gesehen hast, aber vor allem, ob du Männer aus einem anderen Camp hier rumlaufen gesehen hast, die aus dem Camp eines gewissen Demetrio … denn die sind es gewesen, das sagt man hier jedenfalls.«
Senija ist hilflos, sie schaut den zappelnden Käfer an und holt ihre kläglichste Stimme hervor: »Was ich gesehen habe … was ich gesehen habe *este maestrul care a căzut.«* Sie nickt, ganz allein.
Sie nickt und blickt verstohlen zum Deckel der Metallkiste hin, den jemand scheu etwas anhebt.
Und da ich ihr gern zuwinken würde, aber nicht weiß, wie ich es machen soll, grüße ich sie mit einem lauten Hupen, das vom Ring herübertönt.

Mittagssonne.
Frühlingssonne. Schon bricht der Sommer aus. Irgendwo.

»Es tut mir leid, Kleine«, fährt der Polizist in scheinbar freundlichem Ton fort, »aber nachdem wir euer Balkanarabisch nicht verstehen, müssen wir dich mitnehmen. Du musst mit aufs Revier kommen, da kann dich wenigstens jemand übersetzen.«
Und er hat noch nicht ausgeredet, da stößt Senijas Mutter schon ihre spitzesten Schreie aus, kreischt »nein«, dass ihre Tochter, wenn sie will, sich sehr gut verständlich machen kann, dass es überhaupt keinen Grund gibt, sie mitzunehmen zur *poliției*.
Auch der kleine Stefan auf dem Boden neben ihr stimmt mit ein und heult seinen untröstlichen Schrecken heraus.

Senija bleibt ausdruckslos stehen. Nur ihr Körper verschließt sich mehr. Und noch mehr. Und noch mehr.
Bis sich jemand zu ihr beugt und ihr etwas ins Ohr flüstert: »Ich bin auch noch da, denk daran. Ich komme mit dir auf die Polizei.«
Und obwohl sie die tröstliche Stimme ihres Freundes Ibrahim erkennt, bewirkt diese Stimme dieses Mal, man weiß nicht recht, warum, dass Senija eine Träne über die Wange rollt, eine Träne, die sie rasch mit dem Ärmel wegwischt.
Allen beiden würde ich es gern sagen.
Hört genau zu. Sie haben mich wie einen Sack in diese Metallkiste geworfen. Bestimmt habt ihr auch das raschelnde Geräusch und den Aufprall gehört.
Aber fürchtet nichts. Noch sehe und höre ich.
Das möchte ich ihnen sagen.
Noch sehe und höre ich.
Doch bald werde ich keine Ohren mehr haben, um zu hören, was ihr sagt.
Auch die Seele schwindet bei diesem Übergang, ich werde so dünn wie eine Angelschnur, und zuletzt werde ich mich auflösen.
Aber auch dann, auch wenn sie dieses Ende mit einem Deckel besiegeln, möchte ich, dass ihr nie denkt, meine Hoffnung sei in eine Grabnische eingemauert, womöglich direkt in der Sonne.
Denkt lieber daran, was sie gewesen ist: eine Hoffnung, die auf ihre Weise zu existieren versucht hat.
Vor allem in der Prophezeiung eines fernen großen Zelts.
Das ist sowieso seit jeher meine einzige Zuflucht.

Ich möchte ihnen sagen:
Ihr Kinder könnt meine Prophezeiung beachten oder es bleiben lassen.

Ihr könnt an sie glauben oder nicht.
Ich jedenfalls habe versucht, euch das Geheimnis weiterzugeben.
Ich habe die Schemen genommen, die mir vorschwebten, und versucht, sie in euer Leben einzuschleusen.

Senija kratzt sich mit einem Stock den Schlamm von den Gummistiefeln.
Unter ihren Ponyfransen hervor blickt sie auf den Polizisten.
Und an der Art, wie sie die Schultern hängen lässt, erkennt man, dass sie eine Bürde trägt.
Ich frage mich, ob es richtig war, sie Tag für Tag hartnäckig mit meiner Erzählung zu belasten.
Ob es nicht ehrlicher gewesen wäre, nach einem Weg zu suchen, um zu verschwinden, um allmählich in Vergessenheit zu geraten.
Aber wie soll ich mir darauf antworten?
Die einzige Möglichkeit, die ich kenne, ist, weiter den Vorhang der Zeit zu heben, zu hoffen, dass es richtig war, wie ich mich in ihre schon so vollen Tage eingefügt habe, um gedämpft hinter der aufgehängten Wäsche zu erzählen, am Rand der Hütten.

Wie an dem Abend gegen Ende Dezember, als die Sonne gerade hinter den Zacken der Hochhäuser auf den Hügeln unterging.
Jenem Abend, an dem Draka einen für ihre ausladenden Formen wenig vorteilhaften Trainingsanzug trug und Askans Sohn Gringo sie peinigte: »Zieh dich um, Draka, sonst kann ich womöglich nicht an mich halten!«
Sie lachte schrill und äugte geschmeichelt zu Gringo hinüber, bevor sie weiter mit Violca plauderte.

Die beiden löffelten zusammen *húsleves*, eine Brühe, die aus Hühnerknochen gekocht wird. »Mein Mann«, sagte Draka, »hat nur das Bier geliebt, stell dir vor, sogar im Schlaf machte er noch die Bewegung wie beim Bierdosenöffnen.«
Violca lachte weniger, sie aß aus derselben Schüssel und schlürfte die Suppe gluckernd vom Löffel, während sie klagte, dass ihr eine Mauer ihre einzige große Liebe weggenommen hatte, eine Mauer, die, behauptete sie, die Roma von Ústí in ein Ghetto eingeschlossen hatte: »Ich wollte Šimon sehen, aber sie sagten zu mir: ›Zeig uns die Erlaubnis.‹«
»*Şi deci?*«, fragte Draka kauend.
»*Şi deci*, ich musste bei diesen ganzen Verbrechern bleiben, bloß weil ich mit Nachnamen Urizka heiße.«
Und während Draka kicherte, da sie die Mauer von Ústí aus einem unerfindlichen Grund lustig fand, saß ich dort in einem Winkel hinter meiner *kasolle* und versuchte hartnäckig, weiter zu erzählen.
Die Kinder saßen im Halbkreis um mich herum, und ich beschrieb ihnen die weite Ebene der Theiß, die den Hintergrund für die Rebenreihen der Weinfelder bildet, und wie mein Großvater Nap apó dort mittendurch fuhr, großer und mutiger Sultan des Kék Cirkusz.
Auf einem Kanister sitzend, bemühte ich mich, mit meiner Erzählung fortzufahren, ohne zu sehr aufzufallen. Irgendwann jedoch erhob sich Draka selbstbewusst, um die Schüssel wegzuräumen, und kaum sah sie mich, mischte sie sich sofort ein: »Meinst du wirklich, die Kinder interessieren sich für *geografia ungariei*?!«
Sie fragte so lässig wie jemand, der gern einen Streit vom Zaun brechen würde, bloß um sich in Szene zu setzen. Doch ich hatte gelernt, nicht darauf hereinzufallen, ich band mir die Haare zum Pferdeschwanz und pflichtete ihr

sanftmütig bei: »Du hast ja recht, Draka, aber Geografie ist sehr wichtig, dabei können die Kinder lernen, dass nach Tokaj Szikszó kommt, und nach Szikszó kommt Čop, dann das Roma-Dorf Krispalad und dann, wenige Kilometer weiter, wenn du in Užgorod ankommst, bist du praktisch schon in der Ukraine …«
Draka schnitt angewidert eine Grimasse: »*Lasă!* Hör auf! *Ce plictiseală mortală!*« Damit ging sie, um sich wieder vor der Freundin zu brüsten.
»Und dann? Und danach?« – das waren wieder die Kinder.

»Danach kommt die Theiß-Ebene. Ihr müsst versuchen, euch diese Ebene so vorzustellen, wie sie vor sechzig Jahren war, im Morgengrauen, mit dem Städtchen Tokaj, das hinter einem breiten Ufer auftaucht, und den Bauern, die im ersten Morgenlicht mit den unbeladenen Maultieren davongehen, weil sie die Traubenkörbe schon am Straßenrand verteilt haben.«

Und da einige Kinder vor lauter Eifer fast an mir hochkletterten, war ich gezwungen, sie etwas wegzuschieben, damit ich ihnen wenigstens ins Gesicht blicken konnte.
»Versucht zu begreifen, wie *nap* mein Großvater ist, wie sonnig. Er ist ein so stolzer Zigeuner, dass es wirkt, als führte von seinem Hut ein Faden nach oben, der ihn Richtung Himmel zieht, und auch das Kinn trägt er hoch vor Stolz, denn er weiß, dass er der große und einzige Sultan des Kék Cirkusz ist.
In diesen frühen Morgenstunden, mitten in dieser Weite, wo ruhig der Fluss dahinfließt, fängt er, Nap apó, also an, mit dem genagelten Absatz seiner Dompteurstiefel gegen die Tür eines Bauernhauses zu treten.
›*Nyisd ki, László!* Mach auf!‹ Er will um jeden Preis, dass

man ihm öffnet, und schreit es heraus: ›*En vagyok az, testvér!*‹
Auf der anderen Seite der Tür schläft der brüderliche Freund, von dem ich euch erzählt habe, László. Er ist zu jener Zeit noch jung, hat einen sehnigen Körper und trägt große Ringe an den Ohrläppchen.
Um diese Stunde schläft er in den Armen seiner Frau. Doch beim zweiten Krachen schreckt er hoch, springt aus dem Bett, geht hinunter, um an der Türe zu lauschen, und bekommt große Angst, weil er draußen ein seltsames wildes Tier brüllen hört.
›Mach auf, *mágus*!‹, schreit mein Großvater. ›Mach auf, ich bin dein Freund und Bruder! Erkennst du mich etwa nicht? Kennst du deinen Bruder Nap apó nicht mehr? Erinnerst du dich nicht an unsere Zaubertricks, mit denen wir die Hühner im Koffer verschwinden ließen?! Erinnerst du dich nicht an die gebratenen Hühner, die wir in Gorodok verspeist haben?‹
Hoppla, und wie László da öffnet, sämtliche Haare nach einer Seite gedrückt. Er schreit vor Freude wie im Traum, als hätte er in einem Zug einen Liter Schnaps hinuntergekippt. Vor Aufregung fangen seine Pupillen zu zittern an, und tatsächlich gelingt es ihm nicht, sie ruhig auf diese im Halbkreis stehenden Wagen zu richten.
Und auf Nap apó mit dem weißen Hut, der ihn sofort bedrängt: ›Du musst mir helfen, László! Mit deiner ganzen Kunst musst du mir helfen, denn wir müssen beweglich genug werden, um zu flüchten …‹
László hört zu, ja, aber vor allem, bevor er auf diese Forderung eingeht, will er verstehen, was das Brüllen bedeutet, das er hört. Und auch die Gesichter dieser Zirkusartisten, die in der frühen Morgensonne stehen, aber so tiefe Augenringe haben, als stünden sie im Schatten.

›Was hast du bloß dabei, was einen so erschreckt? Was ist das für ein Ungeheuer, das so höllisch brüllt?‹

Daraufhin packt Nap apó den hageren László, der doppelt so groß ist wie er, und zieht ihn hinter sich her, um ihm zu zeigen, wie ein Löwe aussieht, den er in Italien bei den Faschisten gekauft hat, die oft nach Afrika reisen, nach Eritrea. Und während sie glücklich über den Löwen lachen, wiederholt Nap apó, dass er rasch die Tiere loswerden muss, und bestimmt auch das große Zelt, weil sie beweglich genug werden müssen, um zu flüchten.

›Du weißt davon, stimmt's, László? Du weißt auch von dieser Sache?‹

In Wirklichkeit hat László mit seinem sesshaften Leben zwischen den Weinfeldern dort auf dem Land der Verfolgung der Roma noch nicht ins Gesicht geblickt, aber auch er spürt, dass sie mit drohenden Schritten näherkommt. Als würde die Erde ein wenig beben.

Deshalb legt er die Stirn in Falten, als wäre sie ein Blasebalg, fixiert Nap apó und fasst ihn dann mit einem Ruck so abrupt am Unterkiefer, dass Nap após strahlend weißer Hut in den Schlamm rollt.

Auge in Auge: ›Wie sollte ich dir nicht helfen, ich, auf dem gleichen Wagen geboren wie du, auf den gleichen Wegen unterwegs mit unseren gleichen Vätern, die zusammen Kessel schmiedeten auf den verrückten Jahrmärkten der entferntesten Dörfer? Im Namen unserer Väter und aller fahrenden Artisten Transsilvaniens helfe ich dir, die Rettung zu organisieren, und zeige dir, wie man in Gegenden kommt, wo die Menschen nicht verhaftet werden.‹

Und nach diesem Versprechen bemüht László Kócián ein ganzes Netzwerk von Freundschaften und schafft es in Windeseile, die Tiere und dann auch das Zelt zu verkaufen. Und alles Übrige, erbietet er sich, die Geräte und die Kostüme, die Seidentücher, die Vorhänge und den Nippes

wird er in zehn großen Kisten *aufbewahren*, die er hinten im Heuschober hinter einer falschen Wand versteckt.
Er stapelt die Kisten aufeinander und versiegelt das Ganze mit einer Platte, die er mit Gips befestigt, sodass Nap apó nach dem Krieg kommen und alles wieder abholen kann, wann er will.
Und an jenem Vormittag, an dem die letzten verstreuten Gegenstände in die Kisten gepackt werden, an dem Vormittag müsst ihr euch meinen Großvater vorstellen, der sehr ernst seinen herrlichen Hut in den Händen hält. Er schaut zu, wie sein Freund László noch einige Eisenteile verstaut, und auf einmal beginnt er heftig zu schlottern.
›Was ist los?‹, fragt László. ›Geht's dir nicht gut? Stimmt etwas nicht mit dem, worum du mich gebeten hast?‹
Nap apó sieht ihn an, und er ist wahrhaftig ein faszinierender Mann mit seinen eindringlichen Augen, so schwarz wie Tinte, zwei Tintenaugen, die auf das Schicksal gerichtet sind: ›Es ist nur, dass ich einen Monat lang an dem Zelt genäht habe, alles mit der Hand, nächte- und tagelang, Meilen um Meilen von Nähten.‹
›Und ich sage dir, dass du ein neues nähen wirst‹, ermutigte ihn László, ›wenn deine Flucht jedoch gut gelingen soll, nimmst du besser diesen Hut ab, er ist zwar schön, wirkt aber wie ein Lichtsignal, ein unmittelbarer Hinweis für die Leute, die dich braten wollen.‹
›Welches Licht?!‹, erwidert Nap apó. ›Dieser Zylinder ist bloß aus Wolle, gepresste Wolle aus Siófok!‹
›Mag sein‹, sagt László, ›aber das Weiß ist sehr *erős*.‹
Also nimmt Nap apó mit erschöpfter Geste auch noch den Hut ab, legt ihn schweren Herzens in eine Kiste, und einen Moment lang, nachdem er sie mit einem roten Band verschnürt hat, meint er zu sehen, dass an den Rändern ein blasser Lichtschein durchdringt. Erstaunt hält er inne,

so als würde ihm zum ersten Mal bewusst, dass sein Hut ein bisschen *különös* war, ein bisschen komisch eben. Dann jedoch schüttelt er auch diesen Eindruck ab und sagt: ›Es sind die Abschiede, die die Sachen so verrückt machen.‹

Und als wollte er nicht mehr daran denken, lässt er sich anschließend den Fluchtweg beschreiben.

Und während László ihm die Straßen erklärt, ist Nap apó schier verzaubert. Denn László spricht von dem Gebiet, als würde er die vorgezeichneten Linien einer Hand beschreiben. Die Lebenslinie führt zwischen dem Vipernfelsen und dem immergrünen Wald hindurch, um die Hütte der Waldhüter herum und dann an einem Fluss entlang, wo jemand mehrere Haken befestigt hat, um daran die Tiere aufzuhängen, die gehäutet werden sollen. Und der Fluss, der am Anfang nur ein Rinnsal ist, schwillt plötzlich zu einem Bach an, der dahinspringt wie ein wild gewordenes Fohlen. Nach der vierten Stufe kommt der Wasserfall, und unter dem Wasserfall der magische Pfad, der mutigste, weil er die Zukunftslinie in sich birgt.

Nap apó ist hingerissen, wie in Trance, sodass meine Großmutter Borbála zu ihm gehen und ihn am Ärmel zupfen muss: ›*Nos, vén bolond?* Brechen wir auf?‹

›Aber ja, ja, brechen wir auf, bevor es dunkel wird.‹

Sie ziehen mit der ganzen Familie los, mit all der Zuversicht und Fröhlichkeit, die dem Zirkusvolk eigen ist.

So ziehen sie dahin, die Artistengruppe und vier Pferde.

Gyí te! Gyí te!, trieb mein Großvater die Pferde an, und als die Pferde seine Stimme hörten, die Stimme, die sie dressiert hatte, seit sie auf der Welt waren, liefen sie, geräuschvoll über die Steine stolpernd, mit aller Kraft bergauf.

Gyí te! Gyí te!

So ziehen die tapferen Artisten dahin. Alle dicht aneinan-

dergedrängt mitten im dunklen Wald. Wie verstümmelt müssen sie gewirkt haben ohne ihre Ausrüstung. Als hätte ihnen jemand einen kostbaren Körperteil amputiert.
Fast alle zu Fuß, zu Fuß und hinter den Pferden.
Ab und zu blieb Borbála mit ihrem großen Schal in den Zweigen hängen.
Die anderen fragten sie, ob alles in Ordnung sei: ›*Minden rendben?*‹
Sie nickte. Ja, ja.
Ohne genau zu wissen, wie weit es noch war. Aber alle von einem bestimmten Gedanken getragen.
Vom Gedanken an eine Rettung, die sie nach dem Wasserfall erwarten würde, die Rettung, die ihnen gestatten würde, schon bald die Arbeit wieder aufzunehmen.
Geduldig ein gutes neues Zelt zu nähen, sich neue Kostüme auszudenken, neue Hanfseile für das Trapez anzufertigen und, warum nicht?, zum Klang von *kobzar* und *balalajka* durch die Straßen zu ziehen und in einer Parade all ihre herrliche Kunst zu zeigen.
Doch als sie am Ziel ankamen, direkt nachdem sie in den Pfad unterhalb des Wasserfalls eingebogen waren, erlebten sie eine böse Überraschung. Sie fanden nämlich nicht den Durchgang zu dem neuen Leben, das sie versuchen wollten, sie fanden nicht die versprochene magische Rettung, sondern fünf Militärlaster, die auf sie warteten, drei deutsche und zwei ungarische. Die ungarischen erkannte Nap apó daran, dass sie auf der Seite ein Hakenkreuz hatten. Deswegen wurden sie ja auch *horogkereszt* genannt.«

Das mochte ich Senija sagen.
So sehr ich mich auch anstrenge, mein Leben im Camp zu überdenken, ich weiß doch, dass etwas Unheilbares in meinen Zellen explodiert ist.
Ich kann nun nichts mehr tun.

Außer darauf zu warten, dass sie mich wegtragen. Dass sie dieses mörderische eiserne Siegel über meinem Kopf schließen.

Ich weiß es und würde so gern darüber lachen, merke aber, dass stattdessen eine große Pein in mir hochkommt. Denn während ich versuche, meine Worte ganz nüchtern zu überdenken, überfällt mich immer wieder ein Gefühl von Versagen, von Unzulänglichkeit, eine Angst, der Aufgabe nicht gewachsen zu sein.

Vielleicht kennen die Füchse diesen Geisteszustand, diesen Zustand, in dem ich nach mir suche, und gerade, wenn ich im Begriff bin, mich zu finden, drängen sich Bilder aus meiner Kindheit dazwischen.

Budapest im Nebel.

An der Hand meines Vaters komme ich aus einem Geschäft. Wie alt mag ich da gewesen scin?

Auf der Duna fahren Lastkähne vorbei, Kähne mit dem Konterfei von Lenin, die Holz nach Kecskemét transportieren. Wir betrachten sie von der Kettenbrücke aus, von Széchenyi Lánchíd. Weiter hinten spielt eine Gruppe Zigeuner die *zurla*, alle wackelig auf den Beinen, weil die Kinderlähmung sie zu Krüppeln gemacht hat.

Ich hebe den Blick und sage zu meinem Vater: ›Aber warum haben sie sich nicht impfen lassen? Warum haben sich diese Idioten nicht impfen lassen?‹

Mein Vater blickt weiter auf die Kähne hinunter, dann gibt er sich unerwartet einen Ruck, packt mich wieder an der Hand und zerrt mich fort, mit Gewalt, fast im Laufschritt.

›Aber warum, was habe ich denn gesagt?‹

Er geht immer noch schneller, sagt nur: ›Du redest zu viel.‹

Ich verstehe ihn nicht und weine. Mein Arm tut mir weh.

Ich weine, und vor Ärger denke ich, dass ich sowohl meinen Vater als auch die Zigeuner hasse, dass die Zigeuner lauter Idioten und Tölpel sind und zusammen mit meinem Vater in der Duna untergehen müssten.
Wann war das bloß? Und wie weit war ich zu jener Zeit von mir selbst entfernt?
Bin nur ich so losgelöst? Sind wir alle so losgelöst?

Vielleicht kennen die Füchse diesen Geisteszustand, in dem ich versuche, mich auf mein Leben im Camp zu besinnen, und mich dabei ertappe, wie ich zu unbedeutenden Details abschweife. Etwa dem Rauch einer Müllverbrennungsanlage, der von Norden herüberwehte, von jenseits der Auffahrt zur Schnellstraße. Schmutzig violette Schlieren, die der Wind zu riesigen Bäuchen aufblähte. Schlieren, die sich zwischen die Baracken senkten, als hätte jemand ein soeben verlöschtes Streichholz dort fallen lassen.
Na gut, sage ich mir. Das mögen nebensächliche Details sein, aber wir haben unter diesen Schlieren doch gelebt.
Und manche hoben auch hin und wieder den Blick zum Himmel.
Auch ich tat es auf meine Weise. Mit den Füßen auf dem Schotterweg.
Mit dem gleichen Gesichtsausdruck wie all diese Barackenbewohner, die im Grunde davon überzeugt waren, sich nur vorübergehend an diesem Ort zu befinden.
Wie diese Familien, die du eines Morgens mit ihrem Bündel auf der Schulter von hinten sehen konntest, während sie loszogen.
Und um sie herum die Rotznasen, die schon zu streiten anfingen, sich beschimpften, übereinander herfielen mit Schubsen und Anspucken.

Ich erinnere mich, dass ich mir einen Pullover anzog und bestimmte Wörter in meiner Sprache murmelte, *jaj* sagte ich, oder *hát ilyet*, während ich auf die Box mit den Wasserhähnen zuging, die ganz hinten am anderen Ende des Camps stand.
Sobald ich mit tropfnassen Haaren aus dem Waschraum kam, traf ich gewöhnlich auf Askan, der schon seine Messer wetzte: »Hier, *hungarez*, gibt es was zu bezahlen! Hier schickt uns die Gemeinde Rechnungen für Strom und Gas und eine Reihe anderer Ausgaben. Und da du nicht mehr neu hier bist, wird's Zeit, dass du deinen Beitrag leistest.«
Und während er das sagte, rückte er den Ledergürtel unter der Kuppel seines mächtigen Bauchs zurecht. Er war so hoch befriedigt über seine Autorität, dass es schien, als würde er wahrhaftig denken: Ich herrsche über dieses Reich!
Ich revanchierte mich mit einem gezwungenen Lächeln. Dass ich zu viel zu tun hätte, wollte ich ihn glauben machen – *erröl majd később beszélünk –,* ja, einfach zu viel zu tun an diesem Tag.
Und sofort verdrückte ich mich, lief immer schneller, als erwarteten mich dringende Geschäfte, die ich erledigen müsste. Da aber Askan stets noch eine Weile versuchte, mich zu verfolgen, erinnere ich mich, dass ich oft unvermittelt abbog und Haken schlug, sodass ich an der Baracke von Zaga und den Rumänen vorbeikam, über Glashaufen stolperte und in Pirouetten am Abwasserkanal vorbeibalancierte.
»So ist es immer«, kommentierte Ibrahim, wie aus dem Nichts aus irgendeiner Ecke aufgetaucht. »Man wacht auf, und, egal was man tut, Askan ist nie zufrieden damit.«
»*Lehet*«, antwortete ich kurz angebunden.

Die Augen fest auf seinen Gameboy geheftet, schlich Ibrahim mit einem unruhigen Lächeln hinter mir her. »Weißt du noch, die Turngeräte, die du mir gegeben hast, die vom ersten Tag? Kapiert, welche ich meine?«
»Die Stangen? Die zum Schaukeln?«
»Nein, die Dinger, die geformt sind wie Flaschen.«
»Du meinst wohl die Keulen … *A buzogányok.*«
»Ja, die Keulen, die mit dem roten Lack …« Und wieder fixierte mich Ibrahim, während ich ihn forschend ansah.
»*A buzogányok*, ja.«
Und da er so geduldig abwartete, mit dem Ausdruck eines verschreckten Rehs in einem unbekannten Wald, hätte ich gern eine Erklärung hinzugefügt zu diesem langen ungarischen Wort. Etwas, das ihm für einen Augenblick seine Furcht nehmen könnte. Aber mir fiel nichts ein außer: »Ich glaube, sie gehörten den Brüdern Cuki, sie waren *chergari*, klein und spindeldürr.«
»Wahrscheinlich waren sie so, wie du sagst, diese Leute, aber um die Keulen zu werfen, damit sie sich drehen, verstehst du, was ich meine? Gibt es da eine Technik, eine Art, die einem jemand beibringen könnte?«
Ehrlich gesagt wusste ich keine Antwort, deshalb erwiderte ich, dass sie, die Brüder Cuki, eine ganz eigene Art gehabt haben mussten, ihre ganz spezielle *chergari*-Art.
Ibrahim machte ein enttäuschtes Gesicht. Sein Ausdruck stimmte mich melancholisch, ich wollte unbedingt etwas finden, um seine Laune zu verbessern. So fragte ich: »Aber du, Ibrahim, ich habe gehört, du kommst aus Bulgarien, stimmt das?«
»Meine Familie ist aus Stara Zagora, was in Bulgarien liegt, ja, aber ich bin hier geboren, in diesem Camp, es gab noch den Hundezwinger, als ich geboren wurde.«
»Und warst du schon mal in Bulgarien?«

»Ich werde bald hinfahren, hat meine Mama gesagt, zur Hochzeit ihrer Schwester fahre ich hin.«
Daraufhin packte ich ihn an den Schultern, Auge in Auge: »Hör zu, Ibrahim.«
Er ertrug meinen Blick mit der Standhaftigkeit eines kleinen Erwachsenen.
»Hör zu, Junge, es gibt ein Geheimnis, das ich dir anvertrauen muss. Du bist doch Bulgare, nicht wahr? Alle sagen, dass die Bulgaren sehr schwierige Menschen sind, aber eines musst du wissen, im Zirkus, im Zirkus haben die Bulgaren es *immer* geschafft.«
Ibrahim war ratlos.
Ich zerzauste ihm den Igel: »Jetzt gehst du aber besser wieder dahin, wo du hergekommen bist, wir sehen uns dann später.«
Und als ich endlich in meine Baracke zurückkam, nahm ich die Elektrodrähte, die vom Dach herunterhingen, und schloss sie an einen kleinen Heizofen an, doch da die Kälte einfach nicht abnehmen wollte und es von allen Seiten kreuz und quer eisig zog, verstopfte ich bestimmte Ritzen mit ein paar Lumpen.
Manchmal rollte ich mich dann wieder auf der quietschenden, mit *takaró* und dicken Schlafsäcken bedeckten Matratze zusammen. Es kam vor, dass ich so einschlief, zwischen meinen Erinnerungen. Manchmal sah ich die Gerüste wieder, die ich in der Peripherie von Miskolc montiert hatte, die Gestänge, die über den Eisenwerken aufragten, in Diósgyör. Und auch bestimmte ferne Gesichter von Kollegen, die in die Hände klatschten und mich anfeuerten: Komm runter! Komm runter! *Panelakrobata*!
Doch abgesehen von diesen Erinnerungen hatte ich eindeutig nichts zu tun.
Also erhob ich mich, öffnete eine Dose *sör* und holte,

wie fast alle meine Nachbarn, irgendwann das gewohnte Pappschild heraus, um an der Kreuzung betteln zu gehen.
Ich vertrödelte Zeit damit, einige Varianten zu finden. Ich überquerte drei oder vier Pfade, schob die aufgehängte Wäsche beiseite und fragte Ibrahim: »Jetzt, wo Askan mit anderem beschäftigt ist, geh zu deiner Mutter und frage sie, ob ich schreiben kann: ›Invalide, drei Kinder, Kosovoflüchtling‹?«
Ibrahim hob den Kopf vom Gameboy und musterte mich perplex: »Aber ja! Natürlich! Mach dir doch keine Gedanken, sonst kannst du auch einfach sagen: ›Habe Hunger, Frau im Krankenhaus, bitte helfen!‹«

Wie auch immer, mit meiner ganzen Trägheit kam ich an der Kreuzung an, wenn es schon spät war, und fand die Ampel bereits von der Frau eines gewissen Lukáš besetzt.
Sie stammte aus Prag und nuschelte, den Mund im Schal verborgen, durch die Wolle: »*Kdo dřív přijde, ten dřív mele!*«
»Versteh nix«, sagte ich, »hagyjuk…«
»*Kdo přijde první, toho to místo je!*«, wiederholte sie und machte mir ein Zeichen zu verschwinden.
»*Jól van, jól van!*«
Und danach, nichts wie weg. Ich machte mich auf den Rückweg.

Vorstädte. Busse. Und dann noch U-Bahn. Jedesmal, wenn ich mich jemandem näherte, bemerkte ich, wie unauffällig ein Kragen hochgeschlagen wurde, um eine Nase zu schützen.
U-Bahnen und Rolltreppen und noch einmal überfüllte Busse.

Irgendwann war ich endlich wieder da und ging den Ring entlang. Neben all den rasenden Autos. Manchmal überholten mich Jungen aus der Vorstadt, die lachend mit Böllern in der Hand dahinrannten.
Ab und zu kam ich an einer Gruppe Männer vorbei, die am Rand einer kleinen Parkbucht standen. Fast alle waren Männer aus dem Camp, sie warteten darauf, tageweise zur Schwarzarbeit in der neuen Papierfabrik angeworben zu werden. Auch Zlatos Enkel waren darunter, ich erkannte sie an der Art, wie sie die Hände in die Taschen steckten und die Zigaretten zwischen die Lippen klemmten. Sie provozierten mich mit abgehackten Sätzen: »*Ce voiai să ne faci cu circul tău ungurule?*«
Andere, die nicht zurückstehen wollten, riefen im Chor hinterher: »*Kur do ta shikojmë këtë spektaklin tënd? Hopa! Hopa!*«
Ich schüttelte den Kopf: »Die zwei Sprachen, die ihr redet, verstehe ich nicht. Keine Ahnung, was ihr sagt.«

Ich war allein. Und manchmal, bevor ich mehr nach Norden abbog, zur Brücke hin, blieb ich stehen und schaute. Über die Baustellen des Hochgeschwindigkeitszugs und den Nebel hinweg, dorthin, wo das Gleißen der Sonne den Horizont in tausend geometrische Formen aufsplitterte.
So, dachte ich, musste das Prisma sein, in dem sich meine Schicksale brachen. Doch ich wusste auch, dass es Schicksale waren, in denen meine Einsamkeit ausweglos war.
Deswegen lachte ich allein.
Ich lachte über mein Getrenntsein.

Genau. Getrenntsein.
Vielleicht ist das der richtige Ausdruck. So einfach. So grausam.

Es gibt mir Aufschluss über die Art, wie ich meine Tage anging, jedenfalls ab einem bestimmten Punkt meiner Geschichte.
Obwohl ich so viel unter Leuten war, fühlte ich mich immer am Rand ihres wahren Lebens.
Es ist schwierig, das zuzugeben.
Bei jeder Begegnung, die ich machte, bei jeder Beziehung, die ich aufbaute, musste ich mir vornehmen, so ruhig wie möglich zu bleiben. Mich überzeugen, dass es keine Feinde gab bei dieser Anstrengung.
Auch jetzt muss ich das tun.
Jetzt, wo ich all diese Leute um mich habe, die kommen und das Metall des Sargs berühren und die allmählich nicht mehr können, zu gähnen anfangen und Kekse und Cracker essen und sich fragen: »Wann bringen sie ihn bloß weg? *De acum e seară.*«
Es ist wahr, sie haben recht, ich bin immer noch hier, frech auf dem Platz des Camps ausgestellt, und nun ist es Abend.
Manche drehen mir sogar den Rücken zu und wechseln selbstverständlich das Thema: »Diese Leute von der Kommune, die von vorhin, habt ihr die gehört? Sie haben Pappbecher verlangt, sie wollen nicht da trinken, wo einer von hier getrunken hat, sie sagen, dass hier niemand geimpft ist.«
»Und du? Und dann?«
»Ich? Ich habe gesagt: Hört zu, ich bin Vasilij, und ihr wisst nicht, wie viele Impfungen ich in Igarka gemacht habe.«
»Und dann?«
»Dann, na ja, ihr habt es gehört, dann wollten sie meinen Gesundheitspass sehen! Und ich habe gesagt: Hier gibt's einen Toten, geht mir nicht auf die Eier, leckt mich am Arsch!«

Und gleich darauf fängt ein Gezwitscher an, Gekicher, Witze und Sätze fliegen hin und her, die mit mir nichts mehr zu tun haben: »Aus Igarka bist du? Also aus Sibirien …«
»Ja, aus Sibirien.«
Dunkel begreife ich, dass sich auch der Ort meines Abschieds an einem bestimmten Punkt verwandelt, sodass man plötzlich rundherum eine Loslösung spürt.
Daraufhin flüstere ich mir selber zu: Es ist besser, wenn ich bis Einbruch der Dunkelheit alles in Ordnung gebracht habe.
Es ist besser, wenn ich diesen Ort dann endgültig verlassen habe, damit ich entschlossenen Schrittes zum Wald hinaufgehen kann.
Dort werde ich mich erinnern müssen, den Füchsen meine geschnürten Schuhe zu zeigen.
Sie werden urteilen, dass ich bereit bin, und mich auf einem Pfad begleiten, der anfangs steil und steinig ist, später aber, weiter oben, in eine flache Wiese übergeht. Jenseits der Wiese werde ich Sonnenblumenfelder und Maisfelder finden. Ich werde rote Mohnblumen zwischen den Getreidestoppeln finden. Und zuletzt Menschen, die wie ich gehen, ohne dass jemand ihre Hand hält.

Der Körper ist steif, er reagiert auf die Dunkelheit des Deckels, den ein kleiner Mann zwischen mein Gesicht und das legt, was mir ein unermesslicher Himmel zu sein schien.
Auch die Füchse überläuft ein Schauder.

Ich mache Ordnung, genau.
Dass ich allein ging, habe ich schon gesagt.
Und bevor ich gegen Mittag wieder ins Camp zurück-

kehrte, machte ich einen Umweg. Ich überquerte den Ring und nahm eine Brücke, die die Straße mit dem Damm eines Kanals verband. Von dort ging ich zu einem verfallenen Gebäude hinauf, das hinter der alten Lastwagenstraße lag.
Manchmal standen Angler auf dem Kanaldamm, die sich besorgt nach mir umdrehten.
Ich bemühte mich, unbefangen vorbeizugehen, und pfiff *az a szép, az a szép*, während ich durch eine ausgehebelte Tür das Gebäude betrat.
Und von drinnen sah ich dann die Angler immer noch die Hälse recken wie einbalsamierte Falken, bis einer für alle urteilte: »Zum Mistschaufeln würde ich diese Sorte Leute schicken!«
Die anderen pflichteten ihm beruhigt bei und starrten dann wieder wie hypnotisiert auf ihre Schwimmer.
Ich stieg über die ersten Abfallhaufen, und dahinter, zwischen Pornoheften, Zeitungen und leeren Flaschen, fand ich meine zehn Kisten.
Immer aufgeregter und hektischer stürzte ich mich darauf und stöberte in dem Material, das mir noch zu verteilen blieb.
Ich strich über die Stangen alter Trapeze, über die mit orientalischen Mustern von Schlangen und Drachen bestickten Satinumhänge und die kleinen Kolophoniumbarren, die ich in der Hand wog und die die Zeit versteinert hatte wie Flusskiesel.
Und ich sage, man merkte es an der Art, wie ich plötzlich innehielt um nachzudenken, dass ich einen Kloß im Hals spürte.

Mein Vater hätte in einem solchen Fall gesagt: Tu, was ich dir sage, nimm den rechten Weg und geh sofort zu deinem Lastwagen zurück. Lass den Motor an und hau ab,

bevor es dunkel wird. Der Zirkus ist nichts für dich, hätte er zu mir gesagt.
Er hätte lachend seinen Kahlkopf geschüttelt: Nichts gegen Zigeunerlager, fahrende Schausteller, Artisten von zerlumpten Zirkustruppen, aber der Ort, wo es dich hinverschlagen hat, der hat nichts zu tun mit all den Sachen, die ich genannt habe, der ist bloß eine Grube für menschlichen Müll.
Und in der Tat muss ich ehrlich anerkennen, dass mein Vater nie von mir verlangt hat, ihm eine neue Basis zu schaffen.
Alles, was er als Vater in seinem Leben verlangt hat, war, in Ruhe gelassen zu werden, um allein zu kämpfen.
Er gegen eine Vergangenheit, die er vergessen wollte.
Und jetzt, von hier aus, würde ich so gern zu ihm sagen: Weißt du, Sándor, auch für mich wäre es viel einfacher zu vergessen.
Ich würde ihm gern sagen: In dieser halbdunklen Metallkiste fällt es mir sehr schwer, mich mit dem zu versöhnen, was ich gewesen bin, und dem Schicksal ins Gesicht zu sehen, das ich herausgefordert habe, eigentlich möchte ich nur, dass mir jemand das Gefühl gibt, dass mir vergeben wurde.

Ich kenne meinen Vater, er ist ein schweigsamer Mann, aber manchmal habe ich ihn leise beten gehört: Um zu sehen, dass alles vorbei ist, um deine Leere und die Kleider zu sehen, reiche ich dir meine Zigeunerhand.

Doch es ist so. Ich muss alle Kräfte sammeln, die mir begegnen, damit ich nicht den Mut verliere und mich in aller Deutlichkeit in jenem Winter wiederfinde. Der wahrlich kalt war.
Und die Nase tropfte ununterbrochen.

Ich weiß noch, dass ich immer starr vor Kälte ins Camp zurückkehrte. Gewöhnlich hatte ich den Kindern gerade das Material übergeben. Kleinere Päckchen, die nicht weiter auffielen.
Ich schlug den Kragen hoch, sprang über den Kanal und traf Zlatos Enkel, die schlammspritzend auf ihren Motorrollern vorbeifuhren.
Wenn ich an Askans *kasolle* vorbei war, musste ich zwangsläufig Gago Cioară begegnen, der seine Bibel schwenkte, während er wie ein großer Hühnervogel neben mir her hüpfte.
»Lass mich in Frieden, Gago«, sagte ich zu ihm. »Der Tag wird kommen, an dem ich deinem Buch lauschen werde und mir womöglich sogar einige Abschnitte erklären lasse.«
»Mach keine Witze, *ungurule*, das ist nicht irgendein Buch, das man lächerlich machen kann«, erwiderte er ganz abgezehrt mit der Brille auf der Nasenspitze. »Es ist *das* Buch, mit dem der Herr unsere Schritte leitet, deshalb solltest du besser nicht auf seine Korrektur spucken!«
Manchmal machte ich einen weiten Bogen, um ihm aus dem Weg zu gehen, drückte mich hinter Violcas *caravană* vorbei und lief zu dem kleinen Platz, wo ich den Lastwagen geparkt hatte.
Dort krempelte ich die Ärmel hoch, fühlte, ob noch genug Luft in den Reifen war, und da ich sonst nichts zu tun hatte, öffnete ich die Motorhaube und überprüfte den Ölstand.
Von seinem Alteisenstapel brüllte Viorel, der Schrotthändler mit dem krausen Haarschopf, mitten im Kreischen einer Maschine, mit der er gerade Stahl zersägte, zu mir herüber: »*Më shoqëron ti për të çuar këto hekura?!*« Und mit raschen Zeichen des Kinns deutete er auf meinen Lastwagen.

Während die Kinder aus dem Nirgendwo auftauchten und mich blitzartig umringten und sich an den Seitenklappen der Ladefläche hochzogen und lachten und sich schubsten, bis jemand sich ermächtigt fühlte zu fragen: »Wann machst du weiter mit der Geschichte von deinem Zirkus, Branko? Erzählst du uns jetzt weiter?«
Ich nickte unentschlossen.
Ich nickte, und man begriff nicht, ob ich damit Viorel oder den Kindern antwortete.
»Aber ja! Aber ja!«
Die Hände schwarz vom Motor. Ab und zu hob ich den Blick und strich mir die Haare aus der Stirn.

Nicht weit von uns neben einer Hundezwingerbox pinkelte Senijas Bruder in eine Blechdose. Am Ende seiner geräuschvollen Darbietung bog er nicht eilig um die Ecke, sondern ließ die Hose unten und drehte sich merkwürdig trudelnd um sich selbst: »*Ajutor! Ajutor!* Hilfe! Dauernd versuchen sie's wieder mit Gift!«
Wie alle beugte ich mich neugierig vor, bis Senija zu mir trat: »Verschwende keine Zeit, um meinem Bruder zu folgen, er macht das nur, um *spectacol* zu machen.«
Wieder nickte ich unentschlossen. Ich griff zum Trichter und begann, Öl nachzufüllen: »Nun, wie ist es: Die Sachen, die ich euch gegeben habe, die von heute, habt ihr die alle versteckt?«
»Wir haben die Kostüme und ein Paar rote Schuhe mit gebogenen Spitzen versteckt, aber wir wissen ja gar nicht« – und Senijas Stimme kippte ein wenig wegen der Kälte, die ihre Lippen zittern ließ –, »wir wissen ja nicht, diese ganzen Sachen, die du uns dauernd schenkst, wie sollen wir verstehen, wozu die gut sind? Woher sollen wir das wissen, wenn du uns nicht zu Ende erklärst, was deinen Leuten passiert ist?«

Ich schraubte die Ölflasche zu und schüttelte den Trichter auf den Boden aus.
»Das ist wahr, Senija. Über das, was mit meinen Leuten passiert ist, muss ich euch noch mehr sagen. Ihr wisst, dass sie einen Versuch gemacht haben, zu flüchten vor denen, die umherziehende Leute jagten. Tatsache ist, dass sie am Ende ihrer Flucht nicht die Rettung fanden, sondern Soldaten, die schon auf sie warteten.
Versucht euch das vorzustellen.«

Und ich sah die Kinder, die mit aufgerissenen Augen über den verschlissenen Schals mit ihren Bänkchen näher hüpften, und alle schauten mich gebannt und erwartungsvoll an.

»Versucht, es euch vorzustellen. Seid ihr so weit?«

Sie nickten, und ich fühlte, dass ihre Aufmerksamkeit in meiner Seele einen Hoffnungsschimmer entzündete.

»Versucht, es euch vorzustellen. Mein Großvater, der den Pfad am Wasserfall entlanggeht, wie es ihm sein Freund László empfohlen hat, an der immergrünen Hecke vorbei, und an der Stelle schaut er seiner geliebten Borbála in die Augen: ›Wir haben's geschafft, Borbála, hast du gesehen? *Látod, hogy megcsináltuk?* Hast du gesehen, dass die Mühe sich gelohnt hat?‹ Und er war richtig froh, angekommen zu sein, nicht wahr?
Borbála, wunderschön, hat Brombeerranken in den langen Haaren und rote Backen vor Begeisterung, dass sie den Weg nun hinter sich haben: ›*Igen, drágám*‹, doch noch während sie das sagt, beginnt ihr Blick zu einer Lichtung zu wandern, wo sie eine Bewegung zu sehen meint.

›Was ist?‹, fragt mein Großvater. Und als er sich umdreht, erkennt er mit einem stechenden Schmerz in den Schläfen die Militärwagen, die, wie schon gesagt, am Ende des Dickichts parken und aus denen Dutzende von Soldaten aussteigen, die losmarschieren, um sie einzukreisen. ›Habt ihr wirklich gedacht, dass László euer Freund ist?‹, fragen sie lachend. ›Schaut nur, was für ein Freund! Ein so guter Freund, dass wir euch seine hochachtungsvollen Grüße überbringen, die Grüße unseres treuen *spiun*! Er ist zu uns gekommen, unser treuer Spion, um zu sagen, wo wir euch aufspüren können, und dass ihr nicht nur flüchten wollt, sondern auch schöne dicke Brieftaschen dabei habt!‹

Nap apó könnt ihr euch vorstellen!

Einen Augenblick scheint es, als würde er ohnmächtig, tatsächlich wird er so blass wie Eiweiß. Dann fängt er sich, und mit diesem *elájulni*, mit diesem Druck, der auf seiner Brust lastet, als hätten sie ihm einen Balken hineingerammt, beginnt er darüber zu grübeln, was ihm die Militärs gerade gesagt haben. Seine Hochachtung lässt er bestellen, dieser Bastard von einem Zauberer! Seine Hochachtung, mein Bruder, der Bastard.

Und nachdem er diese Litanei ein paarmal wiederholt hat, stößt er einen Schrei aus, einen kehligen Schrei, etwas, das einem Elefantengebrüll ähnelt: ›Kaaaaain!‹

Meilenweit hallt sein schrecklicher Schrei wider, sie hören ihn bis ins Tal hinunter, über alle Ebenen.

›Kaaaaain!‹

Und die Vögel auf den Bäumen zucken zusammen und schlagen wie verrückt mit den Flügeln, und obgleich es Tag ist, heulen die Wölfe, und die Käuzchen und die Schleiereulen und auch alle anderen Tiere der Nacht erwachen und machen solchen Lärm, dass das Vieh auf den Feldern scheut und die Herden losgaloppieren und mit dumpfem Gedröhn gegen die Zäune rennen, und natürlich weinen die Kinder, und die Soldaten laden sofort ihre Gewehre, als müssten sie sich gegen einen Angriff verteidigen.«

»Und dann?«, fragte Senija mit bebender Stimme.

»Dann sind da Nap após Augen, die forschend, beinahe erstaunt die Söhne anblicken, und dann ertönt seine Stimme, obwohl seine Zähne aufeinanderschlagen wie Hämmer: ›Hört mir gut zu, kleine Söhne eines unermesslichen Zirkus!‹ Und sein Atem ist fast ein Röcheln. ›Hört zu: Was immer euch zustößt, ich verlange, dass ihr diesen Mist überlebt und hinterher, als allererstes, vor jeder anderen Tat, sage ich euch, müsst ihr mich rächen an diesem Schandkerl von László!‹
Und sein Atem, der eben wie Röcheln klang, wird krampfhaft, ein *hányás*, nicht wahr? Und die Kinder, man weiß nicht, wie, finden trotz des Schreckens die Kraft, ihm zu antworten.
Sie holen ihre kleinen Stimmchen heraus und versprechen: ›Selbstverständlich, Nap apó, werden wir hingehen und dich rächen.‹ Und es gelingt ihnen gerade noch, das zu versprechen, bevor sie gegen die eiserne Karosserie gestoßen werden, bevor sie in die Militärwagen gesperrt werden und über die unebenen Straßen des Nordens holpern, die voller Löcher waren.
Die Kinder schaffen es zu sagen: ›Hab ganz starkes Vertrauen, Nap apó, dass wir lebend aus dieser bösen Verhaftung herauskommen und diesen Kain von einem Zauberer suchen und aufspüren und massakrieren werden, und für immer wird seine Seele verdammt sein!‹«

Ich merkte, dass mir der Atem stockte, und unterbrach abrupt meine Erzählung.
Nicht weit von der Stelle, wo mein Lastwagen stand, hatte Suat mit Gago Cioară zu streiten begonnen. Dieser war gerade vor einem Kruzifix niedergekniet und hatte Suat aufgefordert, es ihm nachzutun. Doch Suat hatte die Aufforderung als Provokation empfunden und nichts Besseres gewusst, als Gago zur Antwort in die Waden zu treten.
Daraufhin hatte Gago sich umgewandt, die Bibel erhoben wie einen Schutzschild: »Die Hochmütigen beleidigen mich, ich aber weiche nicht von Seinem Gesetz ab! Denn Gott schlägt Wunden und verbindet sie, Er verletzt, und Seine Hand heilt!«
Und nebendran warfen sich Zlatos Enkel in ihrer überdrehten Art auf den Boden und krümmten sich vor Lachen, während sie Suat anfeuerten: »Und wenn der Gott des Unglücksraben die Wunde schlägt und sie verbindet, frag ihn doch mal, warum er keine Apotheke aufgemacht hat!« Und jede Menge sonstige Dummheiten, die davonflatterten.
Ibrahim und Ilma waren aufgestanden, und um den Krach besser zu verfolgen, versuchten sie, auf die Ladefläche meines Lastwagens zu klettern.
Auch Nasir kletterte hinauf, die Augenbinde halb verschoben, und ebenso die Brüder Hajdini: »*Hipim! Hipim!*« Sie hüpften, um es den anderen nachzumachen.
Alle außer Senija, die das unselige Gehabe ihres Bruders nicht mehr aushielt und lieber in das Flämmchen starrte, mit dem ich versuchte, mir eine Zigarette anzuzünden.
»Dein Großvater sagte also zu seinen Söhnen, sie sollen ihn rächen an diesem *trădător* von László.«
Ich blickte sie an. Ihr Gesichtsausdruck war plötzlich hart, ihre Stimme gepresst.

Rasch fing ich wieder an: »Ja, mein Großvater sagte den Kindern, sie sollten ihn rächen, und zwar auch deshalb, weil er dachte, dass sie ja das ganze Leben noch vor sich und deshalb mehr Gelegenheit hätten, diesen Verräter zu bestrafen. Nur dass … gleich nach diesem letzten Pakt wurden auch die Kinder des Kék Cirkusz in ein Todeslager gebracht und dort, ihr versteht … Das Wort sagt alles.«

Ich zögerte einen Augenblick, als müsste ich einen Widerstand überwinden.
Das laute, höhnische Gelächter, das vom Ende des Camps herüberkam, lenkte mich ab, und ich nahm einen langen Zug aus der Zigarette.
»Ist es *dificil*«, holte Senija mich zurück, »ist es *dificil*, was du gleich sagen willst?«
Ich betrachtete die Kleine, ihre unter den Ponyfransen versteckte Nervosität und die müde Art, wie sie gelegentlich einen Blick auf den Bruder warf.
»Es ist schwierig, ja, weil alle Artisten des Kék Cirkusz in einem Todeslager endeten, und wie ich euch gesagt habe, der Tod hat sie mitgenommen. Alle hat er genommen, einen nach dem anderen, die Brüder Cuki, Nap apó, meine Großmutter Borbála, die Duka-Zwillinge, Alexandros, meinen Onkel Dániel, die Zauberin Ada. Alle außer einem schmächtigen, halb verhungerten Kind, das sich nicht mehr auf den Beinen halten konnte. Dieses Kind, dieser kleine Junge, war mein Vater und hieß Sándor. Er hieß Sándor, mein Vater, und in Wirklichkeit war auch er im Begriff zu sterben. Nur dass er stattdessen überlebte.«

Senija runzelte die Stirn, als müsste sie ein Bild scharf stellen. »Also war dein Vater der Einzige vom Kék Cirkusz, der lebend aus einem *lagār* herausgekommen ist?«

Und während sie fragte, hörte man die Stimme ihrer Mutter immer lauter werden in dem allgemeinen Radau, der wie ein Chor unmäßig angeschwollen war und jeden normalen Gesprächsversuch übertönte.
»Jetzt reicht's, Suat!«, kreischte Draka. »Siehst du nicht, dass sie dich auslachen?! Wenn dir nicht gut ist, geh lieber ins Bett und versuch zu schlafen! Geh und leg dich hin, du musst deine Tropfen nehmen!« Und dabei schlug sie mit einem Besenstiel auf ihn ein, schob ihn in die *kasolle* und knallte die Tür zu.
»Und dann?« Senija kümmerte sich weiterhin nicht um die Bewegung rundherum.

»Ja, also, nachdem mein Vater zwei Jahre in dieser Lagerhölle verbracht hatte und seine Hände und Arme voller Wunden waren, nach zwei so verbrachten Jahren sah er eines Tages, wie die russischen Soldaten durchs Tor hereinkamen, um die Überlebenden zu befreien. Und er lag ganz schlapp auf der Pritsche hinten in einem grässlichen Schlafraum.
Die Soldaten versuchten ihn aufzurichten, doch er war noch ein Kind, ein wenig jünger als ihr, und klappte wie tot wieder zusammen. Aber die Soldaten merkten, dass er noch lebendig war, denn er murmelte: ›Lasst mich gehen, ich muss jemanden rächen.‹
Die russischen Soldaten waren sehr jung und sagten zu ihm: ›Sei ganz ruhig, Freund, erst kommst du mit auf die Krankenstation und wirst gesund, dann kannst du so viel Rache nehmen, wie du willst.‹
Und sie lachten dabei, weil sie die Sache lustig fanden.«

»Ja, gut, aber der Zirkus?«

Ich sah Ibrahim an, der vom Lastwagen gesprungen war und mit einer leeren Dose herumspielte.
»Der Zirkus? Nichts. Was noch vom Kék Cirkusz übrig war, lag in Kisten verpackt hinter einer Wand in Lászlós Heuschober. Und zwar schon so lange, dass er bestimmt das Gefühl gehabt hätte, ein toter Zirkus zu sein, wenn er etwas hätte fühlen können.«

Es herrschte schneidende Kälte in diesem Winter. Ein klirrender Frost, der mich an die Eisschollen auf der Donau erinnerte, und wie ich als Kind oft nach Hause rannte, um meine Hände am gusseisernen Ofen zu wärmen.
Ich stand auf und stampfte mit den Füßen, während man von Weitem einige Sirenen heulen hörte, die gleich darauf ins Camp hereinfuhren. Drei Einsatzwagen. Ein Riesenkrawall. Die Kinder kletterten von der Ladefläche herunter.
»Wer hat die gerufen?«, schrie Suat, indem er wütend die Barackentür aufriss und mit einer Tüte in der Hand bestürzt in Richtung Toiletten rannte. »Wenn Gago Cioarā das war, soll Gott ihn in seine verfluchte Hölle schleudern, *iad blestémat*!«
Im Nu waren die Polizisten überall, stürmten in die Baracken, knallten Türen, öffneten Schubladen, hoben Matratzen hoch, verlangten Ausweise.
»Wo ist Suat, der Durchgeknallte, der Scheißdealer?«, fragten sie.
»Suat ist mein Bruder«, mischte sich Senija besorgt ein, »aber er ist grade ins Bett gebracht worden, und es ist besser, ihr lasst ihn in Ruhe, es geht ihm nämlich gar nicht gut, er hat Probleme *cu capul*.«
»Ach ja, hat er *Probleme*? Holt ihn her, sonst kriegt er Probleme mit uns auf dem Polizeipräsidium!«

Ich sah Senija erröten und griff instinktiv ein: »Dem Jungen geht es wirklich nicht gut, Signore, er hat fixe Ideen im Kopf und glaubt, alle wollen ihn vergiften … Ihr könnt uns mal mit eurem Polizeipräsidium, das ist uns hier scheißegal!« Und während meine Stimme in einem kurzen schrillen Schrei überschnappte, bemerkte ich auf einmal, dass Askan mir verärgert Zeichen machte: »*Hungarez!*«
»Was ist, Askan? Was brauchst du?«
Er sah mich finster an und knurrte, ich solle ihm folgen. »Hier entscheide ich, was man den Leuten sagt, die von draußen kommen, diesen Polizisten, die die Kommune geschickt hat, ist das klar?!«
Ich breitete die Arme aus, wie um zu sagen, dass ich ja nur eingegriffen hatte, um einem Jungen zu helfen, der in der Klemme steckte, dass es mir aber letztlich völlig egal war.
Askan rülpste mir laut ins Gesicht und strich sich über seine quer gekämmte Haarsträhne: »Warum hilfst du nicht Viorel mit dem Eisen, wenn du nichts Besseres zu tun hast, anstatt die Zeit damit zu verplempern, dummes Zeug zu quatschen? Womöglich verdienst du dabei das Geld, das du mir schuldest!« Er schlug mir mit der Hand auf die Schulter und drehte mich zu dem Haufen Schrott um, der geordnet werden musste.
»Rühr mich nicht an, he! Hände weg!«
»Geh, wohin ich dir sage und mach keine Szene! Siehst du das Alteisen da?«
»Ja, ich habe Viorel doch schon gesagt, dass ich ihm später helfe!«
»*Më vonë?* Sofort musst du hingehen! Wie soll der arme Kerl je aufladen, wenn du ihm jetzt nicht hilfst? Siehst du nicht, dass ihm der Stapel umgefallen ist?«

Ja, ich sehe es. Wie der Stapel fällt.
Er fällt wie in Zeitlupe, immer wieder. In diesen glasigen Augen. Stundenlang fällt er. Und es ist verblüffend, dass ich von hier aus jedes beliebige Bild eine Ewigkeit halten kann.
Und bei jeder Ewigkeit ein Gefühl habe, das einer Leere im Magen gleicht.
Wahrscheinlich, weil sie mich gerade mit einem lauten Quietschen in den Kombiwagen geschoben haben oder auch weil sie den Motor angelassen und mit einem hallenden Donner die Klappe zugeschlagen haben.
Wer weiß. Das Einzige, was ich spüre, ist, dass von hier an eine andere Reise beginnt.
Der Fahrer legt den Gang ein.
Dunkelheit.

Alles ist schwarz und unstet. In der Schwärze sausen die schimmernden Lichter anderer Fahrzeuge vorbei, die uns entgegenkommen. Vermutlich sammeln wir uns in Karawanen. Autos und alte Karren, die sich auf die Autobahn verirrt haben.
Vermutlich werden wir an einer Raststätte haltmachen, die elektrischen Kochplatten einschalten und für die Kinder einen Hamburger braten, der mit Senf gewürzt wird. Ich glaube, wir werden in den Toilettenräumen des Rastplatzes die Wäsche waschen, dann werden wir sie zum Trocknen an den Autofenstern befestigen, damit sie in den Abgasen flattert. Und beim nächsten Halt dürfen wir dann betteln, wenn wir Lust dazu haben: »Eine Münze, für die *filiji*, für die Kinder, bitte, zum Leben.«

Einen Augenblick lang scheint mir alles normal. Während ich mit den Reisenden dahinziehe, folge ich den Routen der Nomaden in aller Welt.

Einen Augenblick lang scheint mir alles normal, sodass ich sogar eine Unterhaltung mit einem Typen anfange, der am Steuer eines alten Wohnmobils sitzt. Ich nähere mich: Wo zum Beispiel willst du denn jetzt hin?
Wo du auch hin willst, erwidert er. Wegen einer schmerzenden Panzerabwehrrakete, ich bin nämlich Soldat.
Dann machst du diese Reise als Dekorierter, sage ich.
Er lacht und zeigt zwei goldene Schneidezähne: Als Dekorierter? Wer soll mich dekorieren? Der Panzer, auf dem ich gekämpft habe, dient jetzt als Beet für kroatische Petersilie. Und er lacht noch einmal; ich lache mit.
Dann schaut er mich an: Und du? Woher kommst du?
Aus der Zone.
Aus der Zone?
Ich bin Ungar.
Ach so, sagt er, du sagst *Zone,* um zu sagen *Europa*?

Zusammenzuckend fahre ich aus dem Schlaf hoch.
Und beim Aufwachen ist man ja doch immer in dieser Dunkelheit, die offenbar zu mir gehört.
Die Füchse sind neben mir, sie haben es irgendwie geschafft, in den Laderaum zu schlüpfen, ihre gespitzten Ohren zucken. Ich frage mich, was sie auffangen. Vielleicht hören sie die Gedanken der Menschen. Das, was uns die Zukunft bringt. Ob es regnet oder die Sonne scheint an den Orten, wo wir hingehen.
Ich betrachte sie.
Sie ducken sich.
Wo sind wir?, frage ich, zuerst freundlich, dann jedoch überkommt mich Verzweiflung, und ich weine. Sagt es mir, bitte, wohin bin ich unterwegs?

Doch die Wahrheit ist, dass ich in dem Kombiwagen liege, den jemand gerade an der Ausfahrt des Camps angehalten hat.
Vor dem Wagen hat sich ein Polizist aufgepflanzt, der vom Fahrer Auskunft über den Bestimmungsort verlangt.
Jemand, vielleicht ein Kollege, stellt ihm die Frage, die ich kurz zuvor im Traum gestellt habe: »Wo zum Beispiel willst du denn jetzt hin?«
Der Fahrer scheint meinen genauen Bestimmungsort selbst nicht zu kennen, er kaut an seiner Unterlippe, und um irgendetwas zu sagen, antwortet er: »Einstweilen kümmere ich mich darum, dass er hier wegkommt, auch wenn das hier wenigstens ein gut ausgestattetes Camp ist.«
»Ja«, mischt sich Askans Sohn kopfschüttelnd ein und zeigt auf den Abwassergraben unter freiem Himmel, *»nië kamp modern …«* Er macht dem Polizisten ein Zeichen, als wollte er sagen: Bitte sehr, genießt diese Modernität in aller Ruhe …

Stille.
Was soll ich denken? Das würde ich zu gern wissen.
Da ich nicht verstehen kann, wohin ich unterwegs bin, ist es vielleicht besser, meine Bemühungen weiter darauf zu richten, woher ich komme. Auch diese Blechkiste kann dafür gut sein.

Also los.
Ich mache bei dem Tag weiter, an dem ich nahe am Tor des Camps stand, hinter dem Zufahrtsweg, direkt gegenüber der Unterführung.
Die Sonne war schon untergegangen, und es war mühsam für Viorel und mich, im flackernden Licht einer alten Neonröhre Alteisen abzuladen.

Ab und zu stieß Viorel aus heiterem Himmel eine Reihe kosovarische Flüche aus, die auf das Amselfeld gemünzt waren und den Wind durchschnitten wie giftige Pfeile.
Ibrahim trat zu uns, als wir beinahe fertig waren. Er kaute an einer Scheibe *byrek* und hatte sich ein neues, silbrig schillerndes Gel in die Bürstenhaare geschmiert.
Er wartete, bis wir die letzten Stangen abgeladen hatten und Viorel sich ein wenig entfernte.
»Die Sachen, die du uns gegeben hast…«
»Das Geglitzer auf deinen Haaren … sehr originell«, kicherte ich, während der Schweiß auf meinem Gesicht zu winzigen Eiskristallen erstarrte. »Aber wenn du schon hier bist, hilf mir mal, schieb das Teil da unten rein, ja genau … und ist es nicht eigentlich Zeit, dass du mit Stambuli zum Rosenverkaufen gehst?«
»Stambuli hat sich nicht blicken lassen, das kommt vor«, antwortete Ibrahim, den Bissen in der Backe geparkt.
»Besser so«, pflichtete ich bei, »du könntest glatt mal einen Abend ausruhen.«
»Ausruhen?! Von wegen, ich habe eine ganz neue Aufgabe, um die ich mich kümmern muss.« Und mühsam schluckte Ibrahim den *byrek* herunter, als wäre er zwar froh, würde sich aber auch für irgendetwas schämen.
»Hoffentlich gefällt dir diese Aufgabe besser als Rosenverkaufen«, schloss ich, vor Müdigkeit zerstreut.
Ibrahim aß zu Ende und wischte sich die Hände an der Hose ab: »Weißt du noch, die Geräte, die du mir gegeben hast?«
»Die Keulen, ja, wir haben schon darüber gesprochen«, erwiderte ich, während ich in Wirklichkeit an etwas anderes dachte. »*A buzogányok*, die von den Brüdern Cuki.«
Und mit den Armen machte ich Viorel Zeichen, dass es jetzt genug war, ich konnte nicht mehr.

Viorel nickte ausdruckslos, er bedankte sich nicht, sondern stellte nur seinen Kragen auf und schnitt eine vage Abschiedsgrimasse.
»Ich wollte dich einladen zu kommen«, nuschelte Ibrahim verlegen, als suchte er angestrengt nach den richtigen Wörtern. »Wenn du wissen willst, wovon ich rede, musst du in die Keller auf der anderen Seite der großen Straße runterkommen, wo nur noch dieses Tor steht, siehst du? Du biegst hinter Askans *kasolle* ab, nimmst die Unterführung, gehst am Lichtmast vorbei, und dann steigst du in den niedrigsten Gang runter…« Er schwieg und neigte den Kopf zur Erde, um seine silbernen Stachelhaare zu streicheln.
»In den Kellergang?« Ich sah ihn beunruhigt an. »Nicht, dass alles einstürzt, wenn ich da reingehe?«
Ibrahim musterte mich aus dem Augenwinkel: »Ehrlich gesagt sind wir da runter, weil du uns gebeten hast, deine Sachen zu verstecken!« Ein hitziger, aggressiver und leicht beleidigter Unterton schwang in seinen Worten mit.
Ich zuckte zusammen und sah ihn plötzlich aufmerksam an: »Entschuldige, Ibrahim, vielleicht habe ich nicht verstanden, wovon du sprichst…« Ich strich mir die Haare aus den Augen, um ihn besser zu sehen.
»Hast du uns nicht den Auftrag gegeben, den Kék Cirkusz zu verstecken? Das haben wir getan, aber jetzt musst du runterkommen.«
Ich fühlte mich orientierungslos.
Ich fragte mich, ob ich tatsächlich in diesem Camp war und was ich eigentlich da machte. Reglos blieb ich in der Kälte stehen. Dann, weil ich nicht wusste, was ich noch sagen sollte, packte ich Ibrahim bei den Silberstacheln, als wollte ich sie zu einem Pferdeschwanz zusammenfassen, und hielt sie fest, obwohl ich sie aus meiner seltsa-

men Gefühlswallung heraus gern geschüttelt hätte wie eine Glocke.
»Laß meine Haare los, *hungarez*!«, lachte Ibrahim. »Siehst du nicht, dass das Gel abgeht!«

Vor lauter Nachdenken über meine Tage im Camp bin ich womöglich nun dem Ziel nahe.
Und vielleicht fühle ich deshalb, dass mir das Atmen immer schwerer fällt.
Deshalb und auch, weil der Kombiwagen, in dem ich mich befinde, mit laufendem Motor stehen bleibt.
Der Polizist hat eine Straßenkarte auf der Kühlerhaube ausgebreitet, scheint empört über irgendjemanden, flucht ins Telefon, fragt nach einer Adresse, erfasst die Angaben nicht.
Die Leute des Camps scharen sich um ihn.
Jemand kichert.
Der Fahrer schaut zum Fenster heraus, um jeden Eindruck von Unsicherheit zu vermeiden: »Egal, wir fahren schon mal los.« Er legt den Gang ein, wie um zu zeigen, dass er auf die Bürokratie pfeift. Da der Polizist aber nicht aus dem Weg geht, sondern brüllt: »He! Was soll das!«, resigniert der Fahrer, schaltet wieder in den Leerlauf, dreht das Gesicht weg und lacht mit den Barackenbewohnern.
Und obwohl mich auch dieser Zwischenfall nervös macht, tröstet mich das Gemurmel einiger betender Frauen. Sie beten, dass meine Reise gut vonstatten gehen möge. Und berühren während des Gebets ab und zu die Karosserie des Autos.
Nur gelegentlich wenden sie sich um und schauen zum Camp, wo zaghafte Flammen aus einem Feuer züngeln.
Zlato hat begonnen, meine persönliche Habe zu verbrennen.

Ich sehe ihn mit gebeugtem Rücken und der unvermeidlichen Mütze auf dem Kopf. Rasch tritt er aus meiner Baracke. Er trägt einzelne Gegenstände heraus. Das Stereoradio, die Ofentonne. Auch die ledergebundene Bibel, die Gago Cioară mir eines Morgens geschenkt hat.

Alles, was ich in den Tagen des Camps besessen habe, kommt mit dem alten Zlato heraus und auf einen Haufen, mit dem er ein schwaches Feuer nährt.

Auf diese Weise hilft er mir, diesen Ort zu verlassen, indem er mir jede Verlockung, jeden Vorwand zur Anhänglichkeit nimmt.

Ibrahim steht ebenfalls neben dem Feuer, ist aber zur anderen Seite gedreht und spricht mit den Polizisten eines Streifenwagens: »Ich muss auch mitkommen, lasst mich einsteigen, sie ist eine spezielle Freundin von mir! Wer garantiert mir außerdem, dass ihr tatsächlich von der Polizei seid?«

Die Polizisten lachen: »Reicht es dir nicht, dass wir Uniform tragen? Was willst du, sollen wir dir etwa unsere Dienstmarke zeigen?«

»Und wer sagt mir, dass die echt ist?«

Die Polizisten werden ungehalten: »Jetzt hör dir den an! Sollen wir's mal umdrehen? Sollen wir's so machen, dass deine Mutter uns mal ihre Aufenthaltsgenehmigung zeigt?«

Jemand fasst Ibrahim am Arm und zieht ihn ungeschickt ein paar Schritte fort: »*Lëvis nga këtu!*«

»Was?«

»Wenn du Sachen vom *hungarez* hast, bring sie her, die müssen sofort verbrannt werden!«

»Welche Sachen müssen verbrannt werden?«, fragt Ibrahim, während er sich umwendet und Zlato besorgt anschaut.

Doch ich bin sicher, dass Ibrahim genau verstanden hat. Er hat verstanden, dass Zlato verlangt, er solle in den Keller hinuntergehen und alles heraufholen, die Keulen, die Seile, die Trapeze, die Riemen … Zlato will, dass er den Kék Cirkusz heraufholt und ihn in die Flammen wirft wie knisternden Plunder.

Ganz genau hat Ibrahim verstanden. Doch auf einmal hört man lautes Gezeter.

Es ist Draka, die mit ihrer Handtasche gegen das Fenster des Streifenwagens schlägt.

»Ihr habt entschieden, als ob meine *filija* niemanden hat, der sie begleiten kann, ohne zu fragen: ›*Scuză-mă,* darf ich Ihre *filija* mitnehmen, um mit ihr zu reden?‹ Ich sage, ihr könnt sie ja mitnehmen. Aber es geht nicht, dass ihr es macht, ohne zu fragen!«

Sie ereifert sich und verliert das Gleichgewicht.

Sofort stürzt atemlos ein Reporter auf sie zu: »Heißt das, Signora, dass Ihre Tochter die Umstände des Mordes kennt? Kennt sie die Gründe für diese rassistische Tat?«

»*Eu nu am spus asta!* Wieso behauptet ihr, ich habe Rassismus gesagt, wenn ich das nicht gesagt habe?!«

Ibrahim schaut dem Auto nach, das mit Senija davonfährt, während ihn jemand weiter am Arm zerrt: »Also? Willst du endlich antworten?«, drängt Zlato. »Hast du Sachen von Branko zum Verbrennen oder nicht?«

Ibrahim schließt die Augen und schluckt: »Sachen zum Verbrennen? Ich glaube nicht, dass ich je was gehabt habe von dem ungarischen Zeug!«

Während er das sagt, versucht er mit aller Kraft, keinen Schmerz zu zeigen.

Ich glaube, mein Herz platzt, Ibrahim.

Das will ich dir unbedingt sagen.

Mein Herz platzt vor Stolz, dir das Kostüm geschenkt zu haben.

Als Ibrahim die Augen wieder öffnet, ist Zlato gegangen.
Allerdings sind jetzt neue Journalisten da, die wie aus der Pistole geschossen hundert Fragen stellen.
»Vielleicht ist es auch keine rassistische Tat, aber was dann? Ein Unfall? Ein Streit?«
»Es muss Rache gewesen sein«, sagt Ibrahim. »Rache, und letztlich tut es uns leid wegen dieser Rache.«
Wer weiß, warum diese Worte aus ihm herauskommen.
Dann hört man eine Andeutung von Gelächter. Oder vielleicht ist es bloß ein Seufzer, der wie ein nervöses, höhnisches Kichern klingt.

Endlich haben sie das Problem des Bestimmungsortes gelöst. Der Fahrer hat sich auf einem Blatt Papier die Namen einiger Straßen notiert und bringt mich nun zur Auffrischung der Ideen ins Kühlhaus der Kommune.
Jetzt brummt der Motor und tollt über Rinnsteine und Buckel und beschleunigt und überholt, und ich verliere den Überblick.
Der Fahrer biegt um Kurven und lacht und redet am Handy.

Die durchgeschüttelten Gedanken weichen allmählich wieder auf, und ich sehe wieder alle Tage zusammen.
Auch den, an dem ich losging.
Ich durchquerte die erste Barackenfront, dann ging ich um Askans *kasolle* herum.
Askan saß bei der Gelegenheit unter seinem Vordach, mit starrem Gesicht saß er da und trank Wein. Und am Glitzern seiner Augen erkannte man, dass er schon mehr als

ein paar Liter intus hatte. »Ich hab's dir schon gesagt, *hungarez*, du gefällst mir nicht!« Und um seinem Genuschel Nachdruck zu verleihen, klopfte er mit den Fingerknöcheln auf ein Tischchen. »Du bist ein Typ, bei dem man nicht kapiert, was zum Teufel er eigentlich sucht!«
Statt zu antworten, wiederholte ich einen Satz, den ich von Viorel gehört hatte: »Mögest du auf meine Hochzeit anstoßen können!«
Dann öffnete ich ein Tor und ging zu dem Weg hinüber.
An seiner langen Kette bellte Viorels Hund noch eine Weile hinter mir her.
Ich versicherte mich, dass Askan mir nicht folgte, bog in den Tunnel ein, wie man mir gesagt hatte, lief an einem Zaun aus alten, mit Draht befestigten Brettern entlang.
Während die Beine mich von alleine trugen, als würde mein Gemütszustand jeden Schritt motivieren.

Komm. Gib mir die Hand. Geh geduckt durch den ganzen Stollengang, dann geh die Treppe hinunter, aber an der Seite. Die hölzernen Stufen sind morsch, in der Mitte könnten sie nachgeben. Komm. Gib mir die Hand.
Jetzt oder nie.

Als die Kinder mich die Treppe herunterkommen sahen, brachen sie in unbändiges Gelächter aus.
Und da Senija ein Kostüm trug, das sie bei meinen Zirkussachen gefunden hatte, ein silbernes Kostüm mit einer Pfauenschleppe, die weich und schlaff hinter ihren Beinen herabfiel, sagte sie sofort zu mir, dass sie eines Tages Nadel und *şi ață* nehmen und es perfekt ausbessern würde.
Aber ich fand sie auch so schön, unten im Keller.
Nur der Geruch dort war gar nicht gut. Es gab Schimmel aller Art, und manchmal fiel einem das Atmen schwer.

»Los, setz dich«, verlangte Ibrahim im Befehlston.
Ich setzte mich und sagte es sofort, dass sie weniger helles Licht machen sollten. War ihnen nichts aufgefallen?
Doch, es war ihnen aufgefallen. Dass man das Licht von den *kasolle* aus bemerkte. Dass man es dämpfen musste. Auf jeden Fall saß ich ganz krumm da. Am Anfang herrschte große Verlegenheit. Niemand wusste nach dem Gespräch über die Beleuchtung noch etwas zu sagen, und so improvisierte ich einen komischen Sprechgesang: »*Ecc-pecc kimehetsz, holnapután bejöhetsz!*« Die Kinder lachten. Nicht alle. Einige.
In dieser elenden Garagenluft.
In diesem halbdunklen, kahlen Raum. Wahrhaftig gab es hier nichts Angenehmes fürs Auge, aber ich blickte mich weiter um.
Durch die Gitter oben unterbrachen die Scheinwerfer der vorbeifahrenden Autos das Halbdunkel und ließen kleine Lichtbündel über die Mauer flimmern.
Und hinten, am einzigen noch übrigen Deckenbalken, hingen zwei Hanfseile herunter, an denen leicht schief eine Trapezstange baumelte.
Instinktiv wollte ich zur Vorsicht mahnen und sagen, bei dem Zustand des Gebäudes sei es das Beste, nirgends etwas aufzuhängen. Doch mir war, als würde ich damit die Weihe des Augenblicks zerstören. Deshalb schluckte ich fürs Erste meine Sorge hinunter, und die Sorge machte beinahe ein Geräusch.
»*Ți-e sete?* Hast du Durst?«, fragte Senija unter ihren Ponyfransen hervor.
»Nein, nein.«
Ich saß auf der untersten Stufe der Treppe und hatte ein Dutzend barfüßige Kinder vor mir, die einander merkwürdig zublinzelten.

»Aber worauf«, fragte ich, »warten wir jetzt eigentlich?«
Da beugte Ilma den Kopf vor und zerzauste sich das Haar, um es duftiger und voller zu machen, dann gab sie ein Zeichen, das Licht zu löschen.
Als das Licht wieder anging, hatte sie sich umgezogen und trug eine rote Tunika, die, nach dem eleganten Schnitt zu urteilen, wohl meiner Großmutter Borbála gehört hatte.
Sie hieß alle Anwesenden willkommen, wozu sie einen Filzstift als Mikrofon benutzte, dann drehte sie sich mit einer einladenden Geste um.
Da betrat Ibrahim die Szene, mit entblößtem Oberkörper, angestrahlt von einer Taschenlampe, die Senija auf ihn gerichtet hielt.
»Ibrahim Zelem, der große Jongleur!«, verkündete Ilma eifrig.
Ibrahim sah mich unsicher an, machte eine Verbeugung zu uns, dem kichernden Publikum hin, und präzisierte beinahe entschuldigend: »Ibrahim Zelem, ja, Jongleur aus Bulgarien.«
Anschließend atmete er tief durch und begann, die Keulen durch die Luft zu wirbeln, die der kleine Isem, Rosetas Bruder, ihm von einem dicken Sack aus zuwarf.
Erst ließ er sie bis zur Höhe seiner silbernen Stachelfrisur fliegen, dann immer höher, bis die Keulen die Decke streiften. Und den Takt gab ihm Ilma vor, die ihren Lockenkopf schüttelte, während sie sang: *lambada, Marina, baila la lambada il vero ritmo dell'amor*… Es gelang ihm, sieben Keulen gleichzeitig kreisen zu lassen, die kurz herumwirbelten, bevor sie nacheinander mit Gedröhn zu Boden purzelten.
Die Kinder klatschten begeistert Beifall, und auch ich setzte ein Lächeln auf, das auf meinem Gesicht erstarrte und nie mehr wegzugehen schien.

»Pssst!« Ilma stand wieder im Mittelpunkt der Szene und hatte schon Roseta angekündigt.
Und Roseta hatte sich bereits erhoben und krempelte sich den Bund ihrer Jogginghose auf. Ihr pickliges Gesicht war an dem Tag von kurzen Haaren umrahmt, sie erklärte mir, dass ihre Mama sie ihr in der Nacht zur Strafe abgeschnitten hatte. An den Grund der Strafe konnte Roseta sich nicht erinnern, und Isem auch nicht. Doch aus dem Blick, den die beiden tauschten, schloss ich, dass sie es einfach nicht sagen wollten.
»Nur zu, Roseta!«
Sie sah mich schmollend an, brummte, dass sie eigentlich noch gar nicht so weit war, aber wie auch immer, wenn es uns Freude machte, konnte sie es ja probieren.
Sie stellte sich unter das Trapez, musterte es mit einem schrägen Blick und kletterte dann mit einer für ihren molligen Körper unglaublichen Gewandtheit entschlossen die Malerleiter hinauf, die jemand für sie besorgt hatte. Oben angekommen, ließ sie die Leiter los und schwang sich mit einer schnellen Drehung des Beckens auf das Trapez.
Von unten kam ein lautes Knarren vom Holz, während Roseta auf der Stange saß, sich mit einer Hand am Seil festhielt und mit der anderen weiter die zu große Jogginghose in der Taille umkrempelte. Dann plötzlich ließ sie sich ohne jede Vorankündigung nach hinten fallen, hing kopfunter da und hielt sich mit angewinkelten Füßen am Trapez fest.
»Soll ich raufkommen und dich anstoßen? Soll ich dich schaukeln?«, erbot sich Ibrahim. »Was für ein fliegendes Trapez ist es denn, wenn es sich gar nicht bewegt?!«
»Nein, nein! Nein!«
Hastig setzte Roseta sich auf, rückte wieder den Hosen-

bund an ihrem weichen Bäuchlein zurecht. Im Nu kletterte sie die Leiter hinunter.
»Nicht übel«, lobte ich. Und da die Kinder keine Anstalten machten, klatschte ich verhalten, worauf das murrende Geschnatter der Freundinnen folgte, die das Trapez schaukeln sehen wollten.
Nun war Senija an der Reihe. Auch sie hatte sich umgezogen. Sie hatte das Pfauenkostüm abgelegt und trug ein einfaches graues Trikot.
Ohne Ankündigung trat sie vor ihr kleines Publikum, gefolgt von Isem und Ibrahim, die zwei Matratzen hinter sich herschleppten und sie in der Mitte aufeinanderlegten.
»Jetzt ist es passiert, dass ich dich nicht mehr präsentieren kann«, empörte sich Ilma verärgert. Nervös strich sie sich die langen Strähnen ihrer leicht zusammengefallenen Haarpracht hinter die Ohren.
»*Nu mă prezinti?*«, fragte Senija ängstlich.
»Weil du rausgekommen bist, ohne zu warten! Vorher hätte ich dich doch vorstellen müssen! …«
»Streitet nicht!«, mischte ich mich schlichtend ein. »Im Zirkus kann man die Reihenfolge jederzeit verändern!«
Senija blickte die Freundin resigniert an, dann machte sie eine kleine Verbeugung, wie sie es kurz vorher bei Ibrahim gesehen hatte.
Gleich darauf allerdings überwältigte die Vorstellung der Übung, die sie versuchen wollte, sie derart, dass ihre Beine sich sichtlich verkrampften und ihre Füße schwer und steif wurden.
Sie wandte sich an mich: »Gestern hat es zufällig geklappt, aber ob ich es heute schaffe, weiß ich nicht, ich glaube nicht *cu multe învârteli.*«
»Du schaffst es bestimmt«, sagte ich beruhigend, »denk daran, dass der Wille eines Artisten beim Tanzen fast noch mehr zählt als der Körper.«

Senija versuchte zu lachen, aber sie wurde ganz melancholisch. Vielleicht, weil ich zu viel Vertrauen in sie geäußert hatte, oder wegen diesem Kellergeruch; so ähnlich, stellte ich mir vor, roch wahrscheinlich die Erde, die feuchte, frisch gedüngte Erde bei ihr in Rumänien.
Und während sie noch mit diesem unschlüssigen Ausdruck dastand, begann Ibrahim rückwärts zu zählen und gab ihr dann einen verfluchten Stoß, als wollte er sie an die Decke schleudern, einen Stoß, nach dem sie loswirbelte, als wäre sie eine seiner Keulen. Durchgebogener Rücken und Gewicht auf den Armen und auf den Beinen.
Und so machte sie weiter. Durchgebogener Rücken und Gewicht auf Armen und Gewicht auf Beinen, ganz schwindlig wurde einem.
Doppelter Flicflac. Und Landung auf den Matratzen, im Stil noch leicht schräg. Aber schon ertönte rauschender Beifall.
In diesem Halbdunkel voller Kinder. Alle in einer unerwarteten Auflösung des Realen.

Nacheinander traten die Kleinsten auf, darunter Nasir, der aus einer seltsamen Regung von Begeisterung die Binde vom verletzten Auge abgenommen hatte und eine Katze über einen auf zwei Stühle gestützten Balken laufen ließ.
Auch die Hajdini-Zwillinge fehlten nicht. Ihre Nummer wurde als »Die roten Teufel« angekündigt und bestand darin, dass sie in roten Hosen auf einem roten Fahrrad über einen rot gestrichenen Balken balancierten.
Über all das Rot mussten wir so lachen, dass wir auch noch weiterlachten, als einige Kinder, die ich noch nie gesehen hatte, ein Zauberkunststück vorführten, bei dem sie Rommékarten zu einem Fächer aufblätterten.

Ich erinnere mich, dass ich alles mit meinem wohlwollendsten Blick betrachtete. Das ist nicht der Blick des Beobachters. Sondern der Blick dessen, der aufnimmt. Der Dinge aufnimmt, die vielleicht nicht der Rede wert sind, an die er sich aber für immer erinnern wird.
Bis Ibrahim mit einem Filzhut in der Hand hinter einer Säule hervortrat.
Dem hohen weißen Hut, der seiner Meinung nach einst dem großen und einzigen Sultan des Kék Cirkusz gehört hatte.
Wenn nur die Feierlichkeit seiner Geste nicht gewesen wäre.
Diese Krönung, unter der ich den Kopf noch tiefer beugte.
Wenn diese Geste nicht gewesen wäre und die anderen Kinder nicht gesagt hätten: »Du hast diesen Hut, deshalb bist du unser Maestro!«
Wenn dieser Hut nicht gewesen wäre, hätte ich geantwortet: »Welcher Maestro?! Ich hab doch nicht die geringste Ahnung, wie man einen Zirkus auf die Beine stellt!«
Ich sagte es aber nicht, sondern fragte mich nur, wie viele Tage ich diese zum Aufwachsen im Dreck verdammten Kinder noch spielen sehen würde, und wann ich dagegen sehen würde, wie sie ohne Vorwarnung von einem Leben geschluckt würden, das sie plötzlich entführt, zusammen mit ihren Eltern, die die Stadt wechseln, um anderswo erneut ihr Glück zu versuchen.

»Gut«, schloss ich und erhob mich benommen, »ich gehe jetzt besser ins Camp zurück. Aber darum wollte ich noch bitten, wegen Roseta, das Trapez … benutz es nicht mehr, bis wir den Balken abgestützt haben.«
Dann verließ ich den Keller und achtete darauf, nicht von den anderen Männern des Camps gesehen zu werden.

Als ich hinter den alten Baracken durch die Dunkelheit ging, fiel mir auf, dass Rosetas Mutter mit dem Teppichklopfen innehielt und verblüfft auf meinen Hut starrte.
Ich hob die Hand an die Krempe: »Steht er mir?«
Sie schüttelte den Kopf: »Jetzt bist du komplett übergeschnappt: Halb *diliu* warst du sowieso schon, und die Lampe, die du in den Hut getan hast, gibt dir den Rest.«
»Du irrst dich, Doana, ich hab keine Lampe reingetan, das ist nur der Hut vom Herrscher über einen großen Zirkus.«
»*Nga kush cirk?*«, sagte Doana beinahe mitleidig. »Lass das Spielen sein, *hungarez*, du musst jetzt endlich mal einen ernsthaften Platz finden …«

Einen ernsthaften Platz. Ja.
Strich am Horizont.
Je näher ich ihm allerdings komme, desto mehr zerfällt er in flimmernde Punkte.
Wie der Bildschirm eines Fernsehers.
Mir ist, als wäre ich auf leere Frequenzen eingestellt.

Vielleicht, weil sie mich soeben in diesen weiß gekachelten Kühlraum geschoben haben.
Ich spüre das Frösteln aller Kühlräume der Welt.
Das Frösteln von Jahrhunderten der Einsamkeit.
Soll die Ferne der anderen mich ruhig durchdringen, meine Sachen habe ich ja nun gemacht.
Kälte, auch wenn kein Kühlraum mir je die Worte einfrieren lassen kann.
Sobald ich sie denke, machen sie sowieso von allein weiter.
Sie gehen über diesen Körper hinaus, der jede Bresche, jedes mögliche Luftloch schließt.
Sie gehen über diesen Körper hinaus, der sich doch irgendwie fragt: Wer weiß, ob ein Hauch von mir draußen

auf den Straßen hängen geblieben ist. Oder in den Bussen. Unter der roten Ampel. Wer weiß, ob einem Unbekannten womöglich eines Tages mein Gesicht einfällt, wenn er sich gerade an etwas anderes erinnert, ob er das Bild dieses im Hintergrund sitzenden, halb verwahrlosten Streuners wiederfindet, der ich gewesen bin.

Wer weiß, ob Dinge, die ich berührt habe, sei es auch nur ein einziges, eine Spur meines Geruchs an sich tragen. Herber Geruch, ich weiß. Derselbe, den auch mein Vater hatte. Er roch so ähnlich wie der Dunst in manchen Ebenen, wie frisch gesammelte Pilze. Wer weiß, ob jemand, wenn er mich nicht an der Haltestelle vor dem Einkaufszentrum einsteigen sieht, Erleichterung empfindet bei dem Gedanken, dass er an diesem Tag nicht sofort das Fenster aufschieben muss. Und wer weiß, ob sich nach so viel Erleichterung zuletzt doch jemand fragen wird, wohin ich verschwunden bin. So heruntergekommen. So wenig angenehm wie jeder Barackenbewohner.

Dunkel. Im Dunkeln pulsiert dieses weiße Licht. Dieses an- und ausgehende Neonlicht. Zu ausgedehnt.

Und wahrscheinlich kommt mir wegen dieser besonderen Situation, wegen der Fragen ohne Antwort, die ich mir stelle, die Geschichte von Sólyom, dem großen Falken, in den Sinn.

Die hatte mir mein Vater eines Tages erzählt.

András Sólyom war eines Nachts erwürgt worden, als er die Zebras des Kék Cirkusz auf die Weide brachte.

Aber die Sache ist, dass er, als er schon in einen Sack gehüllt fürs Begräbnis bereit lag, eine blitzartige, akrobatische Bewegung machte und mit einem Satz aus dem Tod heraussprang.

Er sprang heraus und rief, dass er diesem Sack sein Gewicht schenke, und gleich darauf flog er so hoch wie vom

Wind aufgewirbelter Staub, die Knie an die Brust gedrückt.
Und während ihm alle zusahen, stieg er über die Dächer der Häuser auf, über die ersten rudimentären Lichtmaste.
Und als die Schwerkraft anfing, ihn wieder zu dem Sack hinunterzuziehen, widerstand er ihr, indem er die Arme ausbreitete wie ein Raubvogel seine Flügel.
Mit den ausgebreiteten Armen winkte er all den Menschen zu, die ihn dort unten bewunderten, all den Zigeuner- und Zirkuskarawanen und allen Kindern, die am Wasser der Kanäle spielten.
Sie hoben den Blick zu ihm und fragten: »Aber Sólyom, warum tust du das, warum fliegst du so hoch? *Sólyom, miért repülsz ilyen magasra?*«
Und daraufhin erklärte er, er tue es für alle geknebelten Artisten. Für ihre unproduktiven, nutzlosen Familien. Für die aufgehängte Wäsche, die sich im Wind bauschte.
Für die nie endenden Flüchtlingsreihen.

Kälte. Ich glaube, ich habe Fieber. Mit Fieber kann man schlecht denken. Zu den Kacheln des Kühlraums sagen: Mit diesem Gedanken schenke ich euch mein Gewicht.
Ich bekomme eher Lust, mich zusammenzurollen wie bestimmte Tiere in den Felsspalten, sollen sie mich doch desinfizieren, sollen sie mit mir machen, was sie wollen.

Ab und zu geht die Schiebetür auf. Ein Lichtblitz fängt wieder zu flimmern an, und unbekannte Männer beugen sich über mich. Sie sagen, ich könnte ein beliebiger Krimineller sein, da sie keinen Fetzen von einem Ausweis bei mir gefunden haben.

Es ist wahr. Die Ausweise habe ich nur so lange behalten, bis ich über die Grenzen war, danach brauchte ich sie ja nicht mehr.
Und während ich das denke, höre ich unerwartet lebhaftes Geschrei und Türenschlagen und das Läuten eines Telefons.
Bis ich die raue Stimme von Askans Sohn erkenne; der junge Gringo betritt auf seine stürmische Art den Raum und schiebt die Klappe beiseite, um mich anzuschauen.
»Branko Hrabal«, erklärt er.
»Nationalität?«, fragt einer.
»Branko Hrabal«, wiederholt Gringo. »Aber ich bin nicht zur Identifizierung hier, sondern weil wir ihm ein richtiges Begräbnis machen wollen.«
»Und was wäre das, richtig?«
»Auf unsere Art.«
»Aha! Auf eure Art!«, wiederholt der Typ vom Leichenschauhaus sarkastisch. »Stattdessen werdet ihr ihn so begraben, wie die Bestimmungen es vorschreiben.«
Daraufhin fängt Gringo an zu maulen, dass er dumme Überheblichkeit nicht akzeptiert. Und sofort hakt eine Sozialarbeiterin ein, die ihn begleitet: Der Junge sei bis hierher gekommen, um ein unantastbares Recht einzufordern. Und weiter so mit der ganzen Litanei, die lächerlich wäre, wenn sie sich nicht darum drehte, was mit dieser sperrigen Hülle geschehen soll, die schließlich mein Körper ist.

Jedenfalls, vielleicht weil unerwartet so viel Leben in diesen weiß gekachelten Raum gekommen ist, fühle ich, wie eine laue Wärme in mein Herz zurückströmt und ein schwacher Antrieb aufkommt zu versuchen, noch einmal an jenen Abend zu denken, an dem ich sehr vorsichtig den Keller verließ.

Den Abend, an dem ich den Hut aufsetzte und am Zaun entlangging.
Natürlich hätte ich die Abkürzung nehmen können, die die Unterführung mit meiner kleinen *kasolle* verband.
Doch um weniger aufzufallen, nahm ich lieber den längeren Weg. Ich ging in umgekehrter Richtung um das Camp herum, am Nordrand der großen Straße entlang, wo ich auf der anderen Seite Dutzende von Prostituierten auf und ab gehen sah, jede auf ihrem kleinen Stückchen. Daneben das Hin und Her der Autos. Plötzliche Verlangsamungen.

Wer weiß, ob es stimmt, fragte ich mich unwillkürlich, dass ich mich mein ganzes Leben lang nie wirklich zu Hause gefühlt habe. Außer kurz vorher unten in dem Keller, bei den erwartungsvollen Kindern.
Wer weiß, ob es stimmt, dass Menschen, die den Zirkus im Blut haben, einen anderen Schmerz in der Seele tragen.
Und da ich keine Antwort wusste, fing ich spontan an zu singen. Gott weiß was. Ein paar Töne, nur so. Einen Mischmasch aus alten Melodien.

Am Tor angekommen, traf ich auf Rosetas beide Tanten, die in grellbunten Morgenröcken Zuckerpackungen mit dem Stempel der Europäischen Gemeinschaft verteilten.
Und ein wenig weiter drüben stand Senijas Bruder, der benebelte Suat, der mich durch einen Drogenschlcier anstarrte.
Ein flüssiger Schleier, der ihm über die Augen geglitten war.
»*Unde te-ai ascuns?*«, fragte er, indem er schwankend auf mich zutrat.

Besorgt blickte ich ihn an und fürchtete, er würde wieder eine seiner komischen Szenen anfangen.
Ich hörte zu singen auf: »Sprichst du mit mir?«
»*Te aşteptam*«, erwiderte er kurz angebunden, »*te aştept*, ich brauche dich.«
Ratlos nahm ich den Hut ab.
Suat verfolgte mit glasigem Blick den Lichtschimmer, der von meiner Bewegung ausging, und verstummte.
Still begann er, sich die Nägel zu putzen, und sackte dabei ganz langsam zusammen: »Ich brauche Geld, weißt du, Geld, *urgent*, sonst kommt dieses Schwein von Dumitru, dieser Bastard vom anderen Camp, nur weil ich nicht zahle, der ist so ein *şef*, der kommt glatt her, legt mir ein Feuer, *îmi dā foc*, verstehst du, was ich meine?«
»Red nicht immer so komisches Zeug, Suat!« Ich ging näher zu ihm hin und roch sofort den verpesteten Atem, der auf kaputte Leber hindeutet, bei ihm, der kaum älter war als ein Kind. »Erfinde nicht immer Sachen wie heute früh, ich hab dich beobachtet! Vielleicht kommt's von den Chemiedrogen, die du benutzt, aber du hast den Kopf voller Gespenster. Du fixierst dich auf bestimmte Sachen, die dann nicht stimmen!«
Suat hatte einen Schluckauf: »*Ajutā-mā!* Hilf mir!« Und er versuchte, den Brechreiz zu unterdrücken, beugte den Kopf vor und fing sich dann wieder: »*Ajutā-mā ungurule*, ich hatte nämlich einen Haufen *pastile* bekommen, Pillen, nicht wahr? Von Dumitru, dem aus dem anderen Camp, ich sollte sie vor der Disko verkaufen … Kannst du mir folgen?«
Und da ich den Hut von der einen Hand in die andere nahm, verlor er sich erneut in dem schimmernden Licht.
»Das sind keine Themen für mich, Suat.«

Er zuckte verblüfft zusammen: »*Auzi*, hör zu, *ungurule*, ich sollte diese Pillen verkaufen, nur dass ich dann heute früh, als die Polizei kam, Angst gekriegt habe, ich habe nämlich schon ein Jahr therapeutische Wohngemeinschaft hinter mir, und dazu noch acht Monate Hausarrest, und deswegen, kapierst du, hab ich die Pillen genommen und bin aufs Klo gerast, kapierst du, was für eine Katastrophe ich gemacht habe? Weil ich nicht wollte, dass sie mich verhaften, hab ich die *pastile* im Klo runtergespült, sie haben geschäumt wie verrückt in dieser chemischen Flüssigkeit. Aber welches Geld bring ich jetzt Dumitru?! Welches Geld, wenn ich nichts mehr zu verkaufen habe?!« Und nach diesen Worten fing er an herumzuhüpfen und auf den Boden zu stampfen wie ein kleines trotziges Kind.

»Ganz ruhig, Suat.«

»Ruhig? Ich hab sie gesehen, weißt du, die *sclavii lui*, die Knechte von Dumitru, ich hab sie gesehen, sie wollen das Geld sofort von mir, sonst kommen sie und zünden mich an, das haben sie mir selber gesagt! Und das ist kein Witz, die meinen's ernst, wenn sie von Feuer reden!«

Es wirkte, als müsse er sich erneut übergeben, denn er beugte sich vor und hielt sich den Bauch dabei.

Finster röchelnd blieb er so stehen, bis er eine gelbliche Flüssigkeit ausspuckte. Eine Weile ließ er noch den Kopf hängen.

»Mir reichen zweitausend Euro«, fing er mit schwacher Stimme wieder an.

»So viel Geld habe ich nicht, Suat, siehst du denn überhaupt, wie ich lebe?«

Ich verlagerte den Blick auf die Blechbaracken, die die erste Front des Camps zum Ring hin bildeten, sie waren von schwachen Glühbirnen erleuchtet, und davor standen Plastikblumen in Töpfen.

Ich betrachtete die wenigen Wohnwagen an den Seiten, die wie hart gekochte Eier aussahen. Und den Container der Rumänen.
»Deine Schwester, Suat, hat mir erzählt, dass du früher, als es dir gut ging, mit deinem Vater gearbeitet hast, bevor er starb, dass du Altpapier gesammelt hast.«
»*Cu tatăl meu*, ja«, Suat fing zu weinen an, »als mein *tată* noch da war, bin ich eine Zeit lang mitgegangen. Aber dann, obwohl es doch sein Beruf war, wollte er nicht mehr, dass ich so schufte, von morgens bis abends, ohne Mittagspause. Und ich sage, er hatte recht, *care avea*. Das Altpapier ist heute nichts mehr wert. Beim letzten Mal habe ich fünfundvierzig Doppelzentner abgeladen. Zwölf Euro habe ich dafür gekriegt. *Nu au nici o valoare* zwölf Euro.«
»Ja, das ist nichts«, stimmte ich zu, »*igen, az semmi.*«
Und da es nichts hinzuzufügen gab, verabschiedete ich mich mit einem Nicken und ging langsam ins Camp hinein.

Schritte. Füße auf dem Kies.
Ich erinnere mich an dieses ständige Knirschen. Rund um die Uhr.
»Draka, bist du es?«
»Suat?«
Nicht wie hier.
Hier gleiten die Schritte vorüber wie auf Filzpantoffeln. Desinfizierte Böden. Körper, die man ahnt und meidet, weit weg.
Nur die Gerüche haben die gleiche Konsistenz wie im Leben in dem Camp.
Gerüche von Tieren, die sich eingeschlichen haben. Buschiges Fuchsfell, Schwänze mit weißer Spitze.

Ein Glück, dass ab und zu Gringos tiefe Stimme zu mir dringt. Von drüben, hinter der Wand.
Er spricht von einem Rosenteppich.
Stimme, die auftaucht und übertönt wird von den Worten eines Typen, der sich zuerst aufregt und dann ordinär lacht: »Einer lebt jahrelang in einem Hundezwinger und dann, wenn er stirbt, braucht er einen Teppich aus Rosen?! Ist es wirklich nötig, dass ihr dieses Brimborium veranstaltet?«
Töne, die sich vermischen im Spott eines Augenblicks und sich sogleich verflüchtigen in einer Zeit, die ich nicht mehr begreife.
Hier, wo ich bin, löst sich die Zeit von den Gedankenfetzen, den Fetzen, die hierhin und dorthin fallen. Mir die Füße beschmutzen.
Ich laufe darin herum. Wie viele Winternächte, die da auf dem Boden liegen.
Wie viel Nebel, der über die Donau wehte.

Die Füchse jedoch wissen, wann sie stehen bleiben müssen.
Bevor es Tag wird, bevor die Vögel singen. Sie führen mich auf die Spur wichtiger Gestalten.
Ich nähere mich.
»He, Füchse! He, *rókák*!«
Die Füchse haben sich zu meiner Kindheit umgedreht. Ich folge ihrem Blick und sehe meine Mutter in einer menschenleeren Straße in Budapest.
Sie winkt mir aus dem Fenster des Fiat Polska meines Vaters.
Ich rufe: Mama, hättest du dir je vorstellen können, was mir passiert ist? Du, du bist doch eine ruhige Frau, hättest du das alles je vermutet?
Anscheinend interessiert es sie nicht, mir zu antworten,

sie streckt den Arm zum Fenster heraus und füttert aufmerksam die Füchse.
Ich entdecke, dass Füchse anspruchslose Tiere sind.
Sie begnügen sich mit altbackenem Brot.
Mama!
Sie lächelt. In dem winterlichen Budapest.
Aber wann war das? Wann? Sie hält zwei Füchsen Brotkanten hin, während ich mich auf den Nebensitz dränge, um ihr den Kinderreim aufzusagen, den ich in der Schule gelernt habe: Katzenfuchs, Hundefuchs, halte still, reich mir den Schwanz, weil ich fortlaufen will, bleib ich am Leben, schenk ich dir ein Lächeln, bin ich tot … eine Erinnerung.

Eine Erinnerung. Da ist sie.
Daran, wie die Nacht finsterer wurde und die Kinder aus den Kellern heraufkamen.
Einzeln kamen sie herübergelaufen und fanden das Camp in düstere Dunkelheit getaucht.
Offenbar war die Hauptlaterne durchgebrannt.
Es war kälter denn je, und der Geruch der Laken, die Violca gerade aufgehängt hatte, weckte die Vorstellung von Schnee auf nahen Hügeln.
Die Kleinsten huschten eiligst in die Baracken, während Senija und Ibrahim lautlos wie Katzen hinter mir auftauchten. Den Kopf halb in den Schal vergraben. Sie mussten ganz außen herumgegangen sein.
Sie schoben die Wäschestücke auseinander: »*Eşti tu?*«
Ich stand in der Finsternis draußen unter dem Vordach, in einen langen dunklen Wollmantel gewickelt. Ich glaube, sie sahen gar nicht mich, sondern vielmehr den Lichtschimmer, den mein Hut in der Schwärze rundherum aussandte.
»Branko Hrabal persönlich.«

Und da es das erste Mal war, dass sie meinen Hut in der Dunkelheit leuchten sahen, fragten sie mich, was ich benutzt hätte, um diese Wirkung zu erzielen.
Ich erwiderte, ich wisse es nicht, doch vielleicht würde der Hut auf magische Weise den Mondschein aufsaugen. Ein sehr schwaches Licht, das man nur bemerkte, weil die Nacht im Camp so finster war.
Die beiden waren ratlos, und Ibrahim berührte die Hutkrempe: »Dann ist das einfach weiße Wolle, weiße Wolle aus Ungarn?«
Ich wusste keine Antwort und machte ein hilfloses Gesicht, sodass die Kinder lachen mussten.
Nicht weit von uns entfernt saß Viorel, der Schrotthändler. Den Kopf auf ein Tischchen gelegt, schnarchte er, plötzlich im Rausch zusammengesackt, vor sich hin.
Nun fragten die Kinder: »Wenn du wirklich nichts zu tun hast, erzählst du dann vor dem Schlafengehen weiter? Erzählst du sie uns weiter, die Geschichte von deinem Zirkus?«
Ich zuckte zusammen, nahm den Hut ab und versuchte, es zu sagen: »Hört zu, wenn ich hier erzähle, um diese Zeit, dann denken die Leute, die uns sehen, etwas Schlechtes … Stellt euch bloß vor, wenn Askan vorbeikäme …«
»Ach, Askan«, kicherte Ibrahim, »er schläft mit so viel Alkohol, dass er nicht einmal spürt, wenn ihn die Hunde beißen!« Und er lachte leise. Dann starrte er auf den Hut, den ich inzwischen in der Hand hielt, und sagte mit einem verlegenen Lächeln: »Nimm's mir nicht übel, aber vielleicht ist es eher das, was die Leute neugierig macht.«
Ich bedeutete ihnen zu warten, verschwand kurz in der Baracke, um den Hut abzulegen, und um nicht ganz ohne Licht in der Finsternis zu stehen, zündete ich eine Kerze

an. Ich klebte sie in ein leeres Glas und trat wieder hinaus.
Abgesehen von dem armseligen Flackern belebte noch gelegentliches Rascheln von Ratten und Katzen das Camp.
Ich blickte mich um, machte ein paar Schritte zu Viorel hin und beugte mich zu seiner Nase herunter: »He, Krieger! Stören wir deinen Schlaf, wenn wir reden?«
Viorel knurrte irgendetwas Beleidigendes, wahrscheinlich an seine Frau gerichtet: »*Më lër qe të fle e çmëndur!*« Dann schnarchte er unbeirrt weiter.
»Wir sind nämlich neugierig auf deinen Vater, weißt du«, fing Ibrahim entschlossen wieder an, »auf deinen Vater, der als Einziger das *lagār* überlebt hat.«

»Also, ja, mein Vater war der Einzige vom Kék Cirkusz, der lebend aus dem Vernichtungslager herauskam.
Aber zu der Zeit, als er befreit wurde, war er noch ein Kind, und wie alle Kinder, die das Lager überlebt hatten, wurde er in ein Waisenhaus gebracht. Er hatte keine Familie mehr, keine Geschwister, niemanden.
Aber wie er dann auf den Schmerz reagiert hat, ist schwer zu erklären. Anstatt die Wut zuzulassen und herauszuschreien gegen die, die ihm diesen Schmerz angetan hatten, hat er sich lieber entschieden zu vergessen. Er hat es vorgezogen, nie mehr hinzuschauen, wie es wirklich gewesen war, und sich die Überzeugung angeeignet, dass er diese Dinge nie erlebt hat.
Und glaubt mir, das ist nicht nur meinem Vater so gegangen, sondern auch sehr vielen anderen Menschen, die eine gewisse Zeit ihres Lebens an diesen Schreckensorten verbracht haben.
Bloß war es dann wegen dieser Entscheidung zu vergessen so, dass sich mein Vater bei dem Leben, das er da-

nach gelebt hat, immer von allem fernhalten musste, was mit seiner ursprünglichen Situation zu tun hatte, von allen Zigeunergruppen, Artisten oder fahrendem Volk.
Und auch die Sprache, die er dann immer gesprochen hat, hatte nichts mehr zu tun mit der Sprache aller herumreisenden Zirkusartisten; er hat nur noch das amtliche Ungarisch gesprochen, das Ungarisch aller sesshaften Leute, die immer in Häusern gelebt hatten. Und ich kann euch nicht sagen, ob seine Entscheidung aus dem Herzen kam, weil es schwierig ist, die Entscheidungen zu begreifen, die man als Kind trifft, wenn man von Erwachsenen umgeben ist, die einen erziehen wollen.
Wie auch immer, nachdem er aus dem Lager heraus war, hat sich mein Vater ein Leben aufgebaut, das mit dem aller normalen Leute auf einer Linie lag. Und in diesem Leben hat er die Schule besucht, viel gelernt und sich damit einen Beruf erobert, der ihn viele Stunden am Tag schützte, einen Beruf, bei dem er in einem Finanzamt saß und rechnete … und auch meine Mutter, ja, seine Frau, ich glaube, sie hätte sich nie vorstellen können …
Erst nach meiner Geburt passierten ab und zu merkwürdige Dinge, besonders, als ich etwas größer geworden war und ihn fragte: ›*A Madách Színházban az orosz cirkuszt adják*‹, was bedeutete, dass ich gern mit meinem Freund György in den Zirkus von Budapest gegangen wäre.
In solchen Situationen bekam mein Vater einen seltsam starren Blick und, den Mund aufgerissen wie eine Maske, brüllte mich an, dass er mir niemals Geld geben würde, um diesen Blödsinn anzuschauen, das Geld, das man mit Schweiß verdiene, müsse auf andere Weise ausgegeben werden.
Und ich weiß noch, dass ihm die Venen am Hals anschwollen und seine Backen ganz rot wurden.

Das war so arg, dass meine Mutter einmal vermutete, die Leute des Zirkus von Budapest könnten meinen Vater irgendwie geärgert haben. Und der Ärger musste mit dem Rechnen zu tun haben, da Rechnen sein Beruf war und Fehler in den Papieren, die er absegnen musste, ihn am allermeisten aufregten.
Aber trotzdem, trotz dieser Reaktionen muss ich anerkennen, dass ich mit meinem Vater eine sehr schöne Kindheit verbracht habe. Vor allem in manchen Sommern, die wir am See verbrachten.
Er und ich aßen gebackenen Fisch aus einer Tüte.
So waren unsere Ferien, gesprochen wurde wenig.
Die meiste Zeit ließ er flache Steine über die Wasseroberfläche hüpfen, forderte mich zum Wettstreit auf, wessen Stein öfter hochschnellte.
Ich versuchte, ab und zu etwas zu sagen, fantasierte von einer Substanz, die das Wasser des Plattensees trübte, oder ich rechnete aus, wie viele Tage noch bis zum Schulanfang fehlten.
Da er aber nichts erwiderte, endete mein Geplapper so, dass auch ich verstummte und ihn unter meinem langen Haarschopf hervor beobachtete.
Und ich sah, dass er vor sich hinstarrte, mein Vater, und mit dem Blick über den Horizont hinaus und noch weiter ging, über das Ende des Sees hinaus, in dem sich die Fassaden der Hotels von Siófok spiegelten.
Ich weiß noch, dass ich bei diesen Gelegenheiten manchmal versuchte, ihn zu fragen: ›Was denkst du, Vater? An was denkst du, wenn du so ein Gesicht machst?‹
Er antwortete: ›Ich denke nicht‹, denn er hatte sich angewöhnt, nichts zuzugeben, nichts von all dem, was die Vergangenheit Hinderliches in seinem Kopf zurückgelassen hatte.
›Wenn du so schaust wie jetzt, woran denkst du dann?‹

Wenn es hoch kam, antwortete er: ›Wer als Kind im Waisenhaus war, schaut eben ab und zu ins Leere.‹
Das antwortete mir mein Vater, als könnte das Leben eines Menschen mit sieben Jahren beginnen, im Waisenhaus, einfach so aus dem Nichts.
Und er hütete sich, mir das Geheimnis zu enthüllen, das ihn mit seinen allerersten Blicken auf die Welt verband, mit bestimmten Bewegungen von Tieren im Dunkeln, und wer weiß, ob er sie auch wirklich gesehen hatte. Oder mit den wie Schatten dahängenden Körpern oder mit dem Körper der Mutter, die in kalten Winternächten sicherlich versuchte, das Feuer wieder anzufachen, das dann allmählich ausging und alle Umrisse verschluckte.
Er sprach lieber vom Waisenhaus, mein Vater. Von den Schlafsälen, den Betten, der Brotsuppe mit Birnen.
Und so blieb es bis zuletzt. Bis ich gemerkt habe, dass er langsam zu altern begann.«

»Vielleicht waren seine Erinnerungen, die Erinnerungen an die Zeit als Kind im Kék Cirkusz …« Gerade wollte Ibrahim mir eine Frage stellen, als ein Auto oben auf dem Ring scharf bremste.
Wir drehten uns alle drei um.
Die Scheinwerfer des Autos brannten, und jemand streckte den Kopf heraus in die Dunkelheit des Camps.
Viorels Hund wurde unruhig und begann finster zu knurren.
»Wen sucht ihr?!«, schrie Askans Sohn, der mit einer Flasche in der Hand aus einem Container trat. »Was wollt ihr? Wer seid ihr?«
»Suat, der Bastard, ist er da?«
»Immer kommen sie, um *fratele meu* nervös zu machen«, murmelte Senija besorgt. »*Vezi că este ai el vinovat.*«

Der Hund zerrte weiter an der Kette, bis Viorel aus dem Schlaf fuhr und Verwünschungen gegen das Tier nuschelte, irgendetwas über die Hunde, *dy qen stani*, die er in Mitrovica hatte und die ihm von den Roma vergiftet worden waren.
»Suat ist nicht hier!«, brüllte Gringo in Richtung des Autos. »Suat ist weggeschickt worden!«
»Sagt ihm, er soll Demetrio das Geld bringen! Und dass es ihm gar nichts nützt, sich zu verstecken!« Dann fuhr das Auto wieder los, und der Hund knirschte noch eine Weile knurrend mit den Zähnen und gab dazwischen unsicheres Gekläff von sich.
Die Bestürzung legte sich mit dem Schnarchen von Viorel, der wieder laut zu gurgeln anfing, und mit dem Weinen eines Säuglings ein paar *kasolle* weiter hinten.
Ich erinnere mich, dass ich mir Sorgen machte und zur anderen Seite des Camps hinübersah. Ein Mann ging wütend herumfuchtelnd auf Gringo zu: »Pass auf, du, die darf man nicht reizen!«

Da fragte ich: »Wo ist dein Bruder eigentlich, Senija?«
»Suat meinst du? Er ist unterwegs, wie immer um diese Zeit, oder?«
»Aber geht es ihm gut?« Und das fragte ich mit einem gezwungenen Lächeln, um meine Besorgnis nicht so deutlich zu zeigen.
»Dem geht's gut, wenn er *droguri* hat.«
»Willst du sagen, jetzt, während er unterwegs ist, hat er welche?«
»Hm.« Senija wusste es nicht. Und es wirkte, als wollte sie noch einige Einzelheiten zu diesem seit Jahren bestehenden Problem hinzuzufügen, doch dann zögerte sie und sagte nichts.
»Los, mach weiter«, drängte Ibrahim ungeduldig, »du

hast gerade von deinem Vater geredet, der dir seine Zirkusherkunft verschwiegen hat…«
Und ich sehe seine Kinderaugen wieder vor mir, weit offen in der Dunkelheit, an das flackernde Kerzenlicht geklammert.

»Ja, genau, so bin ich aufgewachsen, in dieser Familie mit der soliden Fassade, mit Hrabal Sándor, dem Finanzbeamten, der mein Vater war und seine Zeit im Büro verbrachte und unbedingt wollte, dass ich studiere: ›Damit du einen sicheren guten Beruf hast.‹
Nur dass ich mich dann, ungefähr mit vierzehn, als ich die Pflichtschule beendet hatte, nicht mehr wohl fühlte in diesem Leben. Man saß zu viele Stunden über den Büchern – über den Büchern, wenn es regnete, über den Büchern, wenn die Sonne schien, ich konnte es nicht mehr ertragen. Und außerdem trieb mich irgendetwas, innerlich, ich weiß nicht, wie ich es erklären soll.
Daraufhin habe ich beschlossen, arbeiten zu gehen.
Am Anfang habe ich als *kofa* gearbeitet, ich verkaufte *szőlőt*, also Obst und so. Dann habe ich durch meinen Freund György was gefunden, wo sie mich als Arbeiter genommen haben, südlich von Budapest auf den Großbaustellen, ich montierte Eisenrohre, die aufeinandergesteckt werden.«

»Die, wo man raufklettert, um *pe clădiri* zu arbeiten?«

»Ja, diese Rohre montierte ich, ich schraubte die *tokot* an, die Muffen, und befestigte die Bretter, weil man an den Stockwerken ganz oben arbeiten musste. Kennt ihr diese Konstruktionen aus Eisenrohren, die hier Gerüst heißen? Das ist es, ich montierte Gerüste, die man brauchte, um die Muffen für die Mauern der Gebäude anzubringen, die

Muffen, die die vorgefertigten Wandscheiben zusammenhielten, die kommunistische Welt war ja voll von diesen *panelházak*, Plattenbauten überall, egal, wo du hinkamst.
Ich hatte mich einer Gruppe von Arbeitern meines Alters angeschlossen, alle noch sehr jung, und manchmal kletterten wir so hoch rauf, dass wir das Delta der Donau sehen konnten.
Sicher, es war eine etwas anstrengende Art, jung zu sein, und manchmal trauerte ich dem Studium doch nach, weil ich abends oft solche Schmerzen hatte, hier am Rücken, versteht ihr? *Hátfájás*.
Es war eine harte Zeit, aber auch faszinierend, weil wir uns manchmal, um die inneren Muffen anzubringen, ganz durchgebogen mit dem Kopf nach unten an die Balken hängen mussten *a semmi fölött* ... wenn ich daran denke … Zirkusartisten sind nichts dagegen!«

»Ja, aber *după*?«

»Ja, wie gesagt, versucht mal, an den Füßen vom sechsten Stock runterzuhängen. Wenn ihr eine Stunde so dahängt, ist es eines, wenn ihr aber zwei oder drei Stunden am Tag so dahängt und dann am nächsten Tag wieder zwei oder drei Stunden, dann kommt es, dass ihr, fast ohne es zu merken, allmählich mit der Leere vertraut werdet. Und tatsächlich haben meine Kollegen und ich angefangen, ganz frei auf diesem Eisengestänge herumzuturnen, bis wir sogar Lust bekamen, seltsame Sprünge und Drehungen auszuprobieren, es war wie eine Art Herausforderung des Raums dort oben. Nicht zufällig rief uns der Vorarbeiter bald scherzhaft: *›Olló Hopp! Panelakrobaták!‹*, was bedeutet: ›Et voilà! Die Hochbauakrobaten!‹«

»Und *dupā acea*?«

»Dann mussten wir, wie gesagt, Riesengewichte da raufbefördern, Bretter, Balken und verschiedenes Werkzeug, und am Abend waren wir hundemüde. Sonst gibt es über diesen Beruf nicht viel zu sagen, es war ein normales Arbeiterleben, wie es viele Leute führen ...«

Ich blickte in Senijas grüne Augen, in denen sich ebenfalls das flackernde Kerzenlicht spiegelte. »Und was hat das mit Kék Cirkusz zu tun? *Ce legāturā are cu Kék Cirkusz?*«, fragte sie.
»Viel, sehr viel sogar, denn eines Tages kam Sándor, mein Vater, auf die Baustelle, um mich einige Formulare unterschreiben zu lassen, und sobald ich ihn sah, rief ich spontan. ›Vater! Sándor! Schau, wie ich zu dir runterkomme, wie ein Athlet!‹ Und um genau zu sein, hatte ich gesagt: ›wie Szilveszter‹, das war ein sehr junger ungarischer Turner, Csollány Szilveszter, von dem es zu der Zeit hieß, er sei eine olympische Hoffnung.
Und als mein Vater den Blick hob, fing ich an, mich in einer Drehung oben an der Eisenstange festzuhalten, und dann runter, im Überschlag, immer weiter runter, von einem Stockwerk zum anderen, bis ich vom untersten, als ich praktisch hinter ihm angekommen war, einen Doppelsalto machte und mit geschlossenen Füßen auf dem Boden landete: ›*Itt vagyok!*‹
Und da ist das Unheil passiert. Denn mein Vater, ich erinnere mich genau, mein Vater lächelte nicht, wie ich erwartet hatte, sondern schaute so erschrocken, als hätte er *rémet* gesehen, den Teufel, nicht wahr?
Ich habe diesen Blick nicht vergessen können, weil ich nie mehr eine solche Eiseskälte in meinem Herzen gespürt habe.

Ich fragte ihn, was los sei: ›*Mi az? Valami baj van?*‹

Er aber hatte immer noch diesen Blick und kniff die Augen zusammen, als würde etwas Entsetzliches in ihm aufsteigen.

›Was ist? Willst du es mir nicht sagen?‹, drängte ich verlegen, weil ich begreifen wollte, was geschehen war. ›*Valami baj van?*‹

Doch mein Vater räusperte sich und erwiderte im Ton eines Generals, den sein Volk soeben verraten hatte: ›Ich komme dich nicht hier besuchen, um solche Dummheiten zu sehen!‹

Und statt Dummheiten sagte er in Wirklichkeit *baromság*, Scheiße.

Ich versuchte, es wiedergutzumachen, indem ich ihm erklärte, dass die Übungen nur Spielerei seien, dass ich sie nur machte, um mit meinen Kollegen zu lachen.

Da brüllte mein Vater, es gebe ein Alter zum Spielen und ein Erwachsenenalter, in dem man ernsthafte Dinge beweisen müsse: ›*A műhelybe dolgozni jár az ember!*‹

Und weiter: ›Ja, habt ihr hier denn keinen Chef?! Gibt es niemanden, der kontrolliert, wie viel Zeit ihr mit Blödsinn vergeudet?!‹

Und erst, wenn ich jetzt daran denke, hier, während ich es euch erzähle, begreife ich, dass beim Anblick meiner Turnkünste etwas in seinem Herzen zersprungen sein muss, es muss einen Riss bekommen haben, der Wut und einen großen Schmerz in ihm freisetzte.

Ungefähr so, als hätte die ganze Welt des Kék Cirkusz, die er seit jeher zu verleugnen versucht hatte, ihn wieder überrumpelt, wie eine Ohrfeige ohne Vorwarnung. Eine Ohrfeige, die mein Vater da noch gar nicht verstand, die aber seine finstere Laune und das düstere Schweigen rechtfertigte, das immer undurchdringlicher wurde.«

Unterdessen hatte die nächtliche Kälte im Camp nachgelassen. Ein warmer Wind war aufgekommen, der den Geruch nach Meer mitbrachte.
Ich verstummte. Ich betrachtete Viorel, der im Halbdunkel eine Flasche schwenkte und mich anglotzte: »*Ma spjego ti, hungarez*, du redest, redest und redest und denkst nicht daran, dass ich mein Haus neu streichen muss, sonst kommt meine Frau nicht zurück.«
Senija und Ibrahim kicherten: »Und dann? *Dupā acea?*«

»Dann hat sich mein Vater nicht mehr auf der Baustelle blicken lassen, und vor allem nach dem Tod meiner Mutter haben wir beide nur noch unser eigenes Leben gelebt, wie auf zwei getrennten Wegen.
Und das Schönste ist, dass ich überzeugt war, mein Leben sei auf jeden Fall in Ordnung, ich glaubte, es sei eben so, im Grunde denken wir doch alle, dass wir nur ein Leben haben, nicht wahr?
Aber vor zwei Jahren ist es dann passiert, und ich kann euch nicht sagen, warum genau zu dem Zeitpunkt, Tatsache ist, dass mein Vater mich aufgesucht hat.
Ich war in der Peripherie von Dunakeszi auf einer hochmodernen Baustelle, wo sie mich als Vorarbeiter eingestellt hatten, und an dem Tag zeigte ich gerade einigen Lehrlingen, wie man mit Präzision eine Muffe festschraubt. Um das vorzuführen, hatte ich mich kopfunter an einen Balken gehängt und erklärte, wie man den Karabiner einhaken muss, um die Leute zu sichern. Da sah ich auf einmal meinen Vater am Tor auftauchen: ›*Itt vagyok*‹, sagte er.
Ich betrachtete ihn. Blass ging er vorwärts, vielleicht blasser als gewöhnlich, und natürlich sah ich ihn verkehrt herum, denn wie gesagt hing ich ja mit dem Kopf nach unten und versuchte, eine Muffe anzuschrauben.

›Da bist du, Vater‹, trällerte ich. Und ein schönes Licht fiel zwischen den Stahlpfeilern hindurch, und ich kann es mir nicht erklären, aber an dem Tag fühlte ich mich glücklich.

Ich blickte meinen Vater an, wartete darauf, dass er mir den Grund seines Kommens sagte, und stattdessen erreichte mich nur sein schwankendes Schweigen, es schwankte so langsam wie mein Blick, während ich dort oben hing.

Deshalb fragte ich ihn direkt: ›*Mi az, miért jöttél?*‹ Und dachte, als Antwort würde er die Papiere aus der Tasche ziehen und mich seine Formulare unterschreiben lassen.

Doch er zündete sich eine Zigarette an, und es schien, als störten ihn die Lehrlinge, als würde ihre Anwesenheit ihn an etwas hindern.

Ich schickte die Jungen weg und machte meinem Vater ein Zeichen, er solle sprechen.

›*Mondjad*‹, sagte ich zu ihm.

Da wählte mein Vater den Satz, mit derselben Sorgfalt, mit der man einen Pfeil auswählt und den Bogen spannt, dann schoss er ihn ab: ›Hör zu, Branko, versuch, mir möglichst ruhig zuzuhören, denn was ich dir sagen muss, betrifft dein Spielen mit diesem Kopfunter-Hängen, so wie jetzt gerade, du hängst da mit halb blau angelaufenem Gesicht, und du musst mir zuhören, Branko, weil du denkst, da so zu baumeln, das käme von deinem Beruf hier auf der Baustelle, aber die Wahrheit, Branko, die Wahrheit, die ich dir nie gesagt habe, lautet ganz anders, und wenn du runterkämst, also wenn du runterkommst, dann …‹

Er bat mich, herunterzukommen, aber ich hatte nicht die geringste Absicht und hing weiter dort oben und beobachtete, wie seine Lippen umgekehrt Rauch ausstießen.

Und er: ›Also hör zu, Branko, bei dem, was ich dir sagen

muss, sollte man sich eigentlich in die Augen schauen, aber da du nicht runterkommst, sag ich dir eben trotzdem, auch wenn du da oben bleibst, dass wir von einer *cigány* Familie abstammen, *cigány családból*, von einer Familie, die einen großen Zirkus besaß, und ich glaube, du hast das im Blut, es ist in deinen Körper eingeschrieben, diese verfluchte Sache mit der Akrobatik …‹
Und als es ihm gelungen war, diese Worte auszusprechen, wenn auch ziemlich abgehackt, bekam er einen seltsamen Tic am Mundwinkel.«

»Und du?«, fragte Senija und drückte mir kurz aufgeregt den Arm.

»Ich? Ich hing weiter an meinem Balken, und ehrlich gesagt hatte ich im ersten Augenblick auch gar nicht verstanden. ›Vater, bist du sicher, dass es dir gut geht? Wie kommst du auf solche Fantastereien?‹
Allerdings begann ich allmählich einen wahnsinnigen Schmerz in den Schläfen zu fühlen. Unerträglich. Rasende Stiche, wie Blitze, die mir durch die Stirn zuckten.
Und gleichzeitig regte sich in mir nicht der Wille runterzusteigen, ich hing weiter mit dem Kopf nach unten da und raunzte meinen Vater an, er solle wiederholen, was er gesagt hatte. Und natürlich klang meine Stimme nasal: ›*Megismételnéd, amit mondtál?*‹
Und mein Vater: ›So ist es, Branko, unsere Familie, die meines Vaters und meiner Mutter, ist in einem Vernichtungslager ermordet worden, bloß weil es eine Nomadenfamilie war. Die ganze Familie wurde nach Polen deportiert und in Birkenau inhaftiert. Und dort sind alle umgekommen, einer nach dem anderen, dort sind die kühnen Hrabals eines großen Zirkus gestorben.‹
Zitternd hatte er eine Pause gemacht: ›Und ich bin der

Einzige, der lebend aus dem Lager herausgekommen ist, der Einzige, der übrig geblieben ist.‹
Es war, als wollte er die Zigarettenkippe wegwerfen, doch dann behielt er sie, um daran sofort die nächste anzuzünden: ›Und auf jeden Fall war unsere Familie *cigány*, das sage ich dir jetzt noch einmal, *cigány családból*, und reiste mit einem großen Zirkus herum.‹
Cigány mit einem Zirkus. Was bedeutete das? Aber ich spürte, dass ich es irgendwo in einem verborgenen Winkel meines Körpers immer gewusst haben musste.
›Komm jetzt runter‹, regte sich mein Vater auf. ›Komm runter, dein Gesicht ist schon ganz violett, gleich platzt dir der Kopf!‹
Ich dachte nicht daran! Je mehr er mich drängte herunterzukommen, um so mehr versteifte ich mich darauf, an der Stange hängen zu bleiben, und es war nichts zu machen.
Und das war der Augenblick, an dem ich mich, glaube ich, am meisten allein gefühlt haben muss.
Ich erinnere mich, dass ich begann, mit dem Engländer eine Muffe festzuschrauben; meine Bewegungen waren vor Wut so heftig, dass das ganze Gerüst wackelte.
Und während ich diese ruckartigen Handgriffe machte, pochte mein Herz, das gewöhnlich im Rhythmus meiner Gesten schlug, wie wild und unregelmäßig dagegen an.«

»Und *dupā acea*?«

»*Dupā acea* habe ich die Muffe fertig angeschraubt, und da es mir inzwischen richtig schlecht ging, musste ich klein beigeben und runterklettern.
Und von dem Teil der Geschichte weiß ich nur noch, dass ich meinen Vater am Kragen packte und ihn anschrie, er sei ein verdammter Lügner, jahrelang habe er mir die Wahrheit verborgen, jahrelang, ja, *éveken át elhallgattad*

az igazságot! Die Wahrheit, die man mir nicht hätte verschweigen dürfen, nicht für eine so unendlich lange Zeit! Und ich fuhr fort: ›Und außerdem, wenn wir *cigány családból* sind, warum kenne ich dann keinen einzigen *cigány*?!‹

›Mich kennst du‹, stotterte mein Vater. Und es stimmte, wir waren zu zweit.

Ich keuchte. Ich raste vor Wut und hatte wahnsinnige Lust, sein Gesicht mit Fäusten zu bearbeiten: ›Wer hat dir das Recht gegeben, so gemein zu sein? Wer hat dir das Recht gegeben, mir zu verbergen, woher ich komme? Jetzt musst du mir alles sagen! Alles will ich wissen!‹

Doch mein Vater war sonderbar.

Die Augen endlich ruhig in dem bleichen Gesicht, ließ er mich gewähren, ohne sich zu rühren. Er schien sich nicht einmal über meine Reaktion zu wundern und flüsterte nur, dass er mir alles erzählen werde: ›*Hát persze*, eines Tages, da kannst du sicher sein.‹

Und er fuhr fort: ›*Hogy elmesélem*. Eines Tages erzähle ich dir alles, *mindent elmesélek*.‹

Und das machte mich noch wütender.«

Senija und Ibrahim kicherten: »Er sagte dasselbe wie du zu uns: ›Irgendwann erzähle ich es euch‹, das sagst du doch immer, oder nicht? Du sagst zu uns ›*după acea vă povestesc*‹, dass du es uns eines Tages erzählst, nicht wahr?«

Aber das Lachen verging ihnen, weil auf dem Ring die soundsovielte Vollbremsung zu hören war.

Wir drehten uns um.

Das Auto schien in der Dunkelheit dasselbe wie vorher, und wie vorher beugte sich jemand aus dem Fenster, um suchend ins Camp zu spähen.

»*Kush jeni? Kë kërkoni?!*« Wieder war es Askans Sohn Gringo, der fragte, was sie wollten; diesmal kam er im

Sturmschritt eines Soldaten aus dem hinteren Teil des Camps angelaufen. Er musste bewaffnet sein, denn ein Typ, der hinter ihm her rannte, sagte: »Bleib ruhig, benutze sie nur, wenn nötig!«

Die finsteren Gestalten im Auto riefen Suats Namen: »Suat *do e vrasim!*«

Es folgte etwas, das wie ›*bastard*‹ klang.

Etwas, worauf Gringo eine Pistole hob, nach oben zielte und ganz offen drohte: »Haut lieber ab, ja, *është mirë që të largoheni ose për Zotín do jua zbraz ne ballë!*«

Viorels Hund zerrte erneut angriffslustig wie der Teufel an seiner Kette, während einige Frauen aus den *kasolle* traten und ängstlich fragten: »Was ist los? Ist etwas passiert?« Überall flammten Lichter und Taschenlampen auf, während das Auto zum soundsovielten Mal mit quietschenden Reifen auf dem Ring davonraste.

»Ich glaube, Suat hat sich ganz schön in die Klemme gebracht!«, kommentierte Senija beunruhigt.

»Weiß ich nicht«, erwiderte ich, »aber angesichts der Lage … ist es besser, wenn ihr jetzt schnell schlafen geht …«

Die Kinder schnauften ungehalten: »Und wann erzählst du uns die Geschichte dann endlich fertig?!«

»Geht ins Bett, ich erzähl sie euch bestimmt fertig, ›eines Tages‹.«

Darauf zogen Senija und Ibrahim lustlos ab. Nach ein paar Schritten drehte Senija sich um: »Also, wenn ich recht verstanden habe, ist dein Blut schlagartig *sânge de ţigan* geworden, Zigeunerblut.«

Ich sah sie liebevoll an: »Ehrlich gesagt, ich glaube, dass mein Blut dasselbe geblieben ist, Senija.«

Senija machte ein Zeichen, dass sie nicht verstand.

Daher versuchte ich, es ihr zu erklären: »Hast du eine Vorstellung davon, was wir sind? Was wir fühlen? Am Ende ist es doch nur ein Gedanke.«

»Aha«, machte Senija ratlos.
Dann sah ich, wie sie Ibrahim unsicher eine Hand auf die Schulter legte. Ich beobachtete die beiden, während sie davongingen und sich immer mehr zueinanderneigten, wie Grashalme, wenn sie im Wind nachgeben.

Ich würde gern zu Senija sagen: Die Polizisten haben dich aufs Polizeipräsidium gebracht, und ich kann mir denken, was du gesagt hast. Dass du zuerst in Târgu Mures gewohnt hast, und dann ist der Lastwagen gekommen.
Soll heißen?, wird dich ein Polizist nachlässig gefragt haben.
Das Feuer ist nach Târgu Mures gekommen, was in Rumänien ist, und wir sind *într-un camion* gestiegen, klar?
Jedenfalls hast du bestimmt akkurat vermieden, etwas Ehrliches über mich zu sagen. Dessen bin ich mir sicher.
Sie werden schroff zum Thema zurückgekehrt sein: Wie ist er gestorben?
Und du wirst gesagt haben: *Lovit cu cuțitul de şapte ori …*
Hör zu, Kleine, wir haben dich gefragt, wie … wenn du so freundlich wärst, so zu reden, dass wir es verstehen …
Sieben Messerstiche, wirst du wiederholt haben, und sieben Messerstiche sind wie *durchgesiebt*.
Daraufhin wird bestimmt einer der Polizisten gelacht haben, weil er dein *durchgesiebt* unwiderstehlich komisch fand.
Das würde ich Senija gern sagen.
Jetzt bringen sie dich ins Camp zurück, sie setzen dich am Tor ab, und ich möchte so sehr, dass du nicht diesen Kloß im Hals fühltest.

Der Ort, wo ich mich befinde, ist viel einfacher als das, was man sich vorstellt, glaub mir.
Wenn man nach dem Ausatmen nicht mehr einatmen kann, dann ist man an diesem Ort. Es tut gar nicht so weh, wenn ich es jetzt bedenke. Niemand kann sich das vorstellen.
Danach kommen die Ängste, das ist wahr, die Panik, ein Gefühl von Ohnmacht, und auch die Sorge um die Menschen, die man nicht alleinlassen möchte. Aber diese Stimmungen haben letztlich die Beschaffenheit eines Traums.
Wenig später kehrt wieder Ruhe ein, diese große Pause, in der man sein Leben noch einmal überdenken darf.
Man sieht es an sich vorüberziehen wie Statuen einer langen Prozession. Und ab und zu haben wir sogar den Eindruck, als fühlten wir uns durchaus wohl dabei.
Es ist unglaublich. Nur die Zukunft regt uns auf.
Die Zukunft, die sich um nichts schert und in Orte eindringt, wo unsere Dinge lagern.
Man möchte der Zukunft sagen, sie soll einen Bogen machen und nichts berühren.
Man möchte zu Senija sagen: Deine Gewandtheit zum Beispiel, die es dir gestattet, mit der Anmut einer Gazelle einen doppelten Salto zu machen, schieb sie nicht beiseite, um dein Leben zu ändern, um es in ruhige Bahnen zu lenken, wenn ich nicht mehr da bin.
Doch was würde das nützen?
Ich muss um Vertrauen ringen. Tiefes Vertrauen auf ihre Kindheit, die so schweigsam ist. Auf den leicht bitteren Geruch ihres kleinen Atems. Darauf, dass Ibrahim immer an ihrer Seite ist.
Ich müsste zu ihr sagen: Es gibt Menschen, auf die man sofort zählen kann, sobald man sie sieht… Und sie wür-

de verstehen, dass meine Bemerkung, falls es ein Bündnis gibt, nur auf das zwischen uns beiden anspielt.

Abend. Senija ist zurück im Camp.
Jemand beugt sich aus dem Container, um sie mit breitem Lächeln zu begrüßen.
Andere schließen die Türen der Baracken, um sie ohne allzu viel Wirbel vorbeigehen zu lassen.
Man hört die Erkennungsmelodien bestimmter Fernsehprogramme. Und das übliche Hin und Her von Kindern, die anderen Kindern hinterherlaufen.
Ibrahim sitzt auf den Stufen eines *caravană* und winkt ihr. Er hat sich dunkelblau angezogen, Hose und Pullover, vielleicht ist das seine Art, sich von mir zu verabschieden.
Er zeigt über den Lattenzaun: »Sie haben alle seine Sachen verbrannt, außer denen, die bei uns sind.«
Senija gibt kaum merklich ihre Erleichterung zu erkennen, stockt aber sofort, als ihre Mutter laut schreit: »Senija, kommst du zurück, *e si nu mă anunți,* ohne ein Wort?«
Senija schaut zu, wie die Mutter ihr fahrig entgegenläuft.
Und hinter ihr, ebenso ungestüm, erkennt sie die wilde Gestalt Askans, der heranstürmt, als ob er ein Büffel wäre.
Senija starrt ihn verwundert an. Die quer übers Ohr gekämmte Strähne flattert im Wind wie ein Federbusch auf einem Kriegshelm. Die Jacke halb offen über dem keuchenden Brustkorb.
Der Mann weicht Draka aus und lässt sie hinter sich: »Jetzt müsst ihr reden« – und mit der brennenden Zigarette beschreibt er einen Kreis um Senija und Ibrahim. »Ihr zwei, ja! Ihr müsst sagen, was ihr wisst, weil alle hier glauben, dass es Demetrio war, und das ist normal, nach

allem, was passiert ist, aber es ist nicht die einzige mögliche Wahrheit, *është, e drejtë kështu*?« Dann kaut er auf seinem Gebiss herum und fixiert Ibrahim mit drohendem Gesicht.
Ibrahim senkt den Blick. Und man sieht, dass er am liebsten aufstehen und wegrennen würde.
»*E pastaj?!*«, wiederholt Askan beinahe schreiend.
Ibrahim fängt zu schwitzen an: »Askan, wer von uns kann wissen, ob es Dumitru war? Da sind mehrere Sachen zusammengekommen.«
»Genau die Sachen sind es, die ihr sagen müsst! Verstehst du das, Ibrahim, oder nicht?!« Nach diesen Worten beugt Askan sich vor, packt Ibrahim an den Schultern und schüttelt ihn, als wäre er ein Toter, den man wiederbeleben muss: »Verstehst du, was du mir sagen sollst?! Wenn ich mich nämlich jetzt entscheide und hingehe und diesem Demetrio einen Dienst erweise, wenn ich das mache, wenn ich den umbringe und ihm eine Kugel in den Kopf jage, dann riskiere ich womöglich, dass er es gar nicht gewesen ist!«
»Brüll doch das Kind nicht so an!«, fährt Senijas Mutter dazwischen. »Lass ihn in Ruhe, oder ich hole sofort seinen Vater!«
Askan lässt Ibrahim los und macht einen nervösen Sprung nach rückwärts.
Er schaut die Leute an, die sich um ihn gesammelt haben, und brummt: »*O Zot!* Habt ihr nichts Besseres zu tun? Los, weg hier! Weg, ich will in Frieden reden!«
Ibrahim rutscht ein Seufzer heraus. Er wirft einen besorgten Blick auf Senija, die erschöpft daneben steht und auf den Kies starrt.
»Lass meine Seele nicht vertrocknen, Junge«, probiert Askan es erneut und hebt ihm mit einem Finger das Kinn. »Ich habe keine Eile, siehst du? Schau mich an! Ich bin

Arixhi und verstehe es, im Tal auf die Bären zu warten, auch tagelang.«

Aber Senijas Mutter akzeptiert dieses grobe Verhör nicht, sie stürzt sich auf den alten Arixhi, packt seinen Jackenärmel und zerrt und reißt daran: »*Ce curaj este acesta?!*«

Askan rutscht die Jacke halb von der Schulter.

Draka schreit wutentbrannt weiter: »Du hast doch den *hungarez* immer am Erzählen gehindert, Askan, mit welchem Recht kommst du jetzt hier an und willst etwas wissen?! *Ce curaj!*«

Dann wendet sie sich an Senija: »*Vino aici maimuță proastă!* ... Siehst du nicht, dass dieser Askan glaubt, er könnte uns verarschen?!«

Askan entfernt sich ein paar Schritte, zieht die Jacke wieder zurecht.

»Warte, Draka« – das ist die Stimme von Gago Cioară. »Sei nicht so wütend, weil wenn deine Tochter was erklärt, ist es nur gut, vielleicht hilft der Herrgott uns dann auch!«

Und Draka: »Was soll er denn helfen? *Dar la ce folosește?! La ce ne ajută!* Ihr seid bloß alle verrückt hier, *lume nebună* seid ihr, in zwei, drei Nächten werden sie uns noch allen ins Hirn schießen!«

Sie winkt Senija: »Lauf, beeil dich! Du kannst dich nicht das ganze Leben lang demütigen lassen!«

Sie ergreift die Tochter am Arm und schiebt sie weg. Zerrt sie hinter sich her.

Dann dreht sie sich zu Ibrahim um: »*Mişcă-te!*«

Daraufhin erhebt sich auch Ibrahim und geht mit raschem Schritt hinter Senija her.

Bis Draka die beiden in die spärlich eingerichtete Baracke ihrer Freundin hineinschubst.

Ich möchte es herausschreien.
Hört zu streiten auf.
Und gebt euch einen Ruck, kommt her und seht.
Von dieser Seite, hier an dem Fenster.
Er war hinter dem Lichtmast, wie ich gesagt hatte.

Senija berührt einen Kochlöffel, hebt ihn von einer Platte hoch und legt ihn wieder hin. Um irgendwas zu tun. Dann, immer noch um irgendwas zu tun, schiebt sie die Plastikplane beiseite, die das Fenster schützt. Ohne jeden fragenden Ausdruck.

Ich würde gern zu ihr sagen: Siehst du, da bei der Schnellstraße? Wo der Platz ist.
Da hätte ich es aufgebaut. Und ihr hättet es eines Morgens entdeckt, wenn ihr über das Feld geschaut hättet. Wie ein *látomás*, eine Fata Morgana.
»Ich kann nichts sehen«, sagt Senija zu Ibrahim und zeigt auf den Platz, »das ist jetzt für mich der schlimmste aller schlimmsten Plätze.«

Hör zu, Senija, möchte ich zu ihr sagen, dort auf dem Platz hätte ich die vier Pflöcke eingerammt und dann hätte ich *gerendákat e ellengerendakát* angebracht. Zuletzt die kleinen Eisenhaken, die Heringe, die sie hier *ridrette* nennen. Und auf jeden Fall wäre das Zelt zuerst hochgezogen und dann ausgebreitet worden, und darunter wäre eine *kupola* von weiter Leere entstanden, die ich *nagy sátor* genannt hätte.

»Was ich einfach nicht kapiert habe«, nuschelt Ibrahim, indem er sich auf einen Plastikstuhl fallen lässt und sich müde mit der Hand durch die Stacheln fährt, »was ich nicht verstanden habe, ist, ob Branko wirklich die Absicht hatte, eine Vorstellung mit uns zu machen.«

Und doch, Ibrahim, ich glaube, du hättest es verstanden. Denn das Zelt hätte sich mit einem Rascheln von Wachstuch erhoben, und ihr hättet es anfassen können. Die heutigen Zirkuszelte sind robust und riechen stark nach Acrylfaser.
Dann hätte ich Plakate drucken lassen, und eine Lehrerin, ein Freund, irgendwer hätte uns geholfen, sie im Viertel anzukleben. Und vielleicht nicht viele, aber einige, ja, einige wären zum Zuschauen gekommen.

»Weißt du, was ich denke?«, seufzt Ibrahim. »Auch wenn er eine Vorstellung hätte machen wollen, so, wie es gelaufen ist … jetzt allein können wir ja nicht …«
»Was können wir nicht?!«, fährt Senija ihn an. Und Auge in Auge geht sie auf Ibrahim zu: »Den Zirkus, den hat er uns doch gegeben …«
Ibrahim rückt mit dem Stuhl nach hinten, um die Freundin besser zu sehen. Er schaut sie an, als machte sie ihm Angst. Als bemerkte er zum ersten Mal, dass sie nicht fühlt, was er fühlt.
Er schaut sie an, aber dann hält er ihrem Blick nicht stand, reibt sich den Nacken und gibt es schließlich zu: »Ja, den Zirkus hat er uns gegeben …«
Er schluckt seine Verlegenheit hinunter. Ganz still.

Aber hier nun das Leben, wie es schlitterte.
Es schlitterte in eine Nacht hinein, die hartnäckig mondlos blieb.
Ich lag in meiner Baracke und wälzte mich unruhig hin und her.
Vielleicht wegen der Bretter, die ich unter die Matratze

gelegt hatte. Vielleicht deswegen und wegen dem Auto, das kurz vorher auf dem Ring scharf gebremst hatte.
Jedenfalls stand ich verschlafen auf und schaute nervös aus dem Fenster.
Was ich sah, war dieses heruntergekommene Stückchen Welt, dieses unordentliche Knäuel von Wegen und Waschschüsseln, ausrangierten Sofas, Käfigen, Vordächern, Teppichrollen.
In diesem Knäuel gingen die üblichen jungen Nachtschwärmer vorbei, sie parkten ihre Motorroller mit dem für sie typischen Herumgealbere. Einige grölten ›*kde domov muj*‹, so ordinär sie konnten.
Einer von ihnen warf mehrfach eine Flasche gen Himmel, und nach der rauen und schleppenden Stimme zu urteilen, schien mir, es könne Suat sein. Immer wieder warf er die Flasche hoch, bis sie mit einem Geräusch von splitternden Scherben auf dem Kies landete.
Einige schubsten sich: »*Du-te naibii!*«
»*Shko ti Vasilij!*« Und so lösten sie sich auf, in einem Geplapper, das düster wurde und zuletzt wie ein Windstoß klang.
Eine Weile stand ich so am Fenster.
Die Laterne des Camps war immer noch kaputt und sandte nur ab und zu ein blasses Flackern aus.
Bald blickte ich forschend in die Dunkelheit, bald häufte ich noch Decken und Wollsachen auf den eisigen Schlafsack. Ich kroch hinein, schloss die Augen und ließ im Geist schläfrige Bilder vorbeiziehen. Bis auf einmal die bedrohliche Szene mit dem Auto wieder vor mir stand, aus dem sie vorher nach Suat gerufen hatten.
Daraufhin stand ich besorgt auf und kontrollierte draußen vor der Tür, bis mich irgendwann doch der Schlaf übermannte und ich mich erschöpft auf meiner quietschenden Matratze ausstreckte.

Mit geschlossenen Lidern ging ich eine Weile den fernen Armen meines Vaters entgegen. Zögernd breiteten sich diese Arme aus, wie früher in meiner Kindheit, doch dann schlossen sie sich um mich und flogen unglaublich hoch mit mir hinauf. Von oben sah ich den großen See und Ungarn und noch weiter drüben die endlosen Steppen, die ich wahrscheinlich noch nie gesehen hatte, und ich versuchte, es zu sagen: Ich habe dir Gerechtigkeit widerfahren lassen, mein Vater.
Igazságot szolgálthál nekem, mir?, fragte mein Vater bestürzt.
Neked, ja, dir, Sándor, und Nap apó, deinem Vater, antwortete ich im Traum.
Und dann geschah es, dass ich auf einem Ast abgesetzt wurde: Und jetzt? *És most?*
Ein schwindelerregend hoher Ast: *És most?*
Ich fragte es so laut, dass ich mitten im Satz aufwachte: »Was mache ich?«
Die Kälte lähmte einem die Knochen, die Temperatur musste schlagartig um etliche Grad gefallen sein. Die Laterne in der Mitte des Camps sandte ein letztes schwaches Flackern.
Frierend erhob ich mich.
Der Frost, dachte ich, der Frost hat mich geweckt.
Ich zog noch einen Pullover über und wollte mich gerade wieder hinlegen, als mir schien, ich hörte von draußen ein verdächtiges Rascheln kommen.
Ich starrte in die Dunkelheit.
Da erkannte ich auf einmal die katzenhafte Silhouette eines Jungen, der hinter einem Dach herumschlich.
Mit dem Handrücken wischte ich mir die Nase ab und kniff die Augen zusammen, um schärfer zu sehen.
Eine Weile bemerkte ich nichts, dann sah ich wieder dieselbe Silhouette, die vorsichtig und geduckt um die

kasolle von Suat und Senija herumging und dabei den Inhalt eines Kanisters ausgoss.
Da fielen mir Suats Worte wieder ein, an jenem Nachmittag, als er mich um Geld gebeten hatte, um das Feuer zu vermeiden, und zu mir gesagt hatte: »*Ajută-mă*, hilf mir, sonst kommen sie und zünden mich an, die meinen es ernst, wenn sie von Feuer reden!«
Und blitzschnell war mir alles klar. Ohne es überhaupt zu merken, war ich schon draußen auf dem Weg und rannte, rannte und schrie: »*Állítsátok meg*, haltet ihn, haltet diesen Elenden! Diesen unsäglichen Drecksack! *Meg! Állj meg, nyomorult!*« Und als würde sich das Leben plötzlich überstürzen, warf ich mich von hinten auf den Kerl, packte ihn mit einem schwerfälligen, plumpen Sprung an den Schultern. Und als der Kerl auf mich fiel und ich unter ihm mit dem Rücken den Boden berührte, genau in dem Moment vernahm man einen Schuss, und der Körper des bulligen Jungen, dem ich auf den Fersen war, sackte über mir zusammen und begann zu zittern wie ein betäubtes, schlaffes Tier.
Der Geruch nach Benzin wurde stärker, und voller Panik fing ich an zu schreien: »*A benzinre!* Nicht schießen, verfluchte Scheiße! *A benzinre!*«
Und während ich versuchte, mich unter dem schweren Körper des mutmaßlichen Brandstifters herauszuwinden, bemerkte ich seinen Komplizen, der direkt vor dem Tor mit einer Pistole herumfuchtelte: »*Vrapo budalla! Vrapo se të kapën!*«
Ich wollte meinen Fuß befreien, der zwischen dem Körper des Jungen und irgendeinem Gegenstand eingeklemmt war, um mich vor möglichen weiteren Schüssen in Sicherheit zu bringen.
Der Typ am Tor hatte inzwischen die Autotür aufgerissen und brüllte in meine Richtung: »*Ej, hungarez!* Schick

meinen Freund sofort raus! Schick ihn raus, *hungarez*, oder ich knall dich ab!«
Ich fragte mich, woher er wohl meine Nationalität wusste, dann fiel mir ein, dass ich ja kurz zuvor in meiner Sprache geschrien hatte: Haltet ihn! *Állítsátok meg! Állj meg, nyomorult!*
Doch im Augenblick dieses Gedankens hatten Gringo und ein anderer mich schon gepackt und hinter einen Käfig gezerrt: »Spinnst du?! Soll er dir in die Fresse schießen?!«
Und gleich darauf vergalten sie es dem Typen am Tor mit einem Kugelhagel, bei dem es einen schauderte.
Daraufhin verzichtete der Typ darauf, seinen Freund einzusammeln, und sprang ins Auto.
Mit quietschenden Reifen verschwand es im ersten Tageslicht.

Ich betrachtete den Jungen auf der Erde und etwas weiter drüben Gringo, der sich zitternd näherte. Vor Spannung hing seine Unterlippe leicht schief: »Steh auf, du Scheißkerl von einem *ndyrësirë*, der du bist!«, brüllte er den am Boden liegenden Jungen an.
Der Junge hob sein aufgedunsenes, gespenstisches Gesicht, und wie er so anfing zu flehen, kam er mir vor wie ein dressierter Kampfhund, der plötzlich von einem Rudel Wölfe angefallen wird.
»Steh auf!«, brüllte Gringo erneut, beinahe den Hass herausrülpsend, den er im Leib hatte.
Der andere versuchte zu gehorchen, kniete sich hin und stotterte. »Es ist wegen dem Geld, das der Rumäne nicht abgeliefert hat.« Und er deutete auf Suat, bevor er mit einem schmerzerfüllten Röcheln wieder zur Seite kippte.
»*Mirë, mirë*«, erboste sich Gringo daraufhin und trat ihn

mit dem Absatz in die Seite, »schau ihn dir an, mir kommen gleich die Tränen!« Und er äffte das Gewimmer nach: »Ach, wie tust du mir leid! *Një djalë* groß und dick, kommt daher, um uns in Brand zu stecken, und kann sich nicht mal auf den Beinen halten!«

Ich machte ihn darauf aufmerksam, dass jemand den Jungen angeschossen hatte und dass er aus dem Oberkörper mit rasender Geschwindigkeit Blut verlor. Ich sagte, man müsse ihn wohl zur Vorsicht ins Krankenhaus bringen.

Gringo fing an zu lachen: »Krankenhaus? Hab ich richtig verstanden?« Er schlug mir mit der Handfläche gegen die Stirn. »Was sagt dir dein Kopf, *hungarez*? Ja begreifst du nicht? Der Kerl wollte uns braten, und ich sage, man muss ihm seine Freundlichkeit vergelten und ihn wie eine Kanalratte in einem Graben krepieren lassen!«

Er schnalzte mit den Fingern, um die Zwillinge Pavel und Aziz herbeizurufen, die sofort ankamen, den Unglücklichen bei den Füßen packten und hinter eine Baracke schleiften.

Wenig später hörte man eine Autotür zuschlagen, und ein weißer Blitz sauste an mir vorbei: der Lieferwagen, der wie der Wind die Auffahrt hinaufraste.

Jetzt gib mir die Hand.

Das könnte ich heute zu dem Jungen sagen.

Gib mir die Hand, du bist doch nur ein paar Schritte vor mir in dieser Steppe.

In jener Nacht blieb ich ungläubig in der Kälte stehen, der Körper steif wie ein Klotz.

Verwirrt starrte ich auf das Blut auf dem Pflaster.

Nicht weit hinter mir fuchtelte Gago Cioară mit den Armen zu Suats *kasolle* hinüber und verkündete: »Erschöpft ist nun die Geduld des Herrn, reif ist die Zeit, dass die Drogensüchtigen hier verschwinden!«

Draka und Senija versuchten, ihn zurückzudrängen: »Gago, warum trägst du deine Worte nicht in das Krankenhaus, wo du dich behandeln lassen musst?« Doch dann gaben sie es auf und schütteten wieder eimerweise Wasser auf das Benzin, das auf dem Kies schillerte.

Viorel kam mit zwei Gläsern Schnaps und hielt mir eines hin: »Es gibt etwas, das du lernen musst, *hungarez*.« Und er kniff die Augen zusammen, um das Glas mit zurückgelegtem Kopf auf einen Zug zu leeren. »Man muss härter sein, kannst du mir folgen? Härter als du gewesen bist, sonst machen uns diese Scheißkerle von Demetrio zu Hackfleisch …«

Im aufkommenden Wind war der Benzingeruch stärker geworden.

»*Mirë*«, begann Askan und trat mit noch vom Alkohol glänzenden Augen zwischen uns: »Die wollten Suat eine Lektion erteilen … stimmt's? Und wir haben Gleiches mit Gleichem vergolten …« Er schlug mir zufrieden auf die Schulter. »Gut, gut …«

Ich empfand eine unbestimmte Furcht und schwieg. Ich schluckte: »Pass auf, ich bin nicht der, der geschossen hat …«

Dann kam die ganze Müdigkeit der Nacht in mir hoch, und ich rieb mir die Augen.

Seltsam. Seit ich in den Kühlraum gekommen bin, gab es eine ganze Abfolge von Türen. Die geöffnet und geschlossen wurden. Von der Zelle in eine Eingangshalle. Und dann noch eine. Von dort in einen Raum, in den Leute eintreten, undeutliche Worte murmeln und dich anschauen. Und dann eine Kammer, eine Art Schweißer-

werkstatt, wo sie mir diesen Deckel über dem Kopf versiegelt haben, der nach Säure riecht.
Dann war da eine lange Leere.
Und jetzt auf einmal befinde ich mich halbhoch in der Luft und schwanke in einer kleinen Menschenmenge.
Wie ein Floß, das auf der windigen Strömung eines Flusses schwimmt.
Sie tragen mich in einer Prozession auf den Schultern.

Ich versuche zu verstehen.
Abgesehen von einer Reihe Unbekannter sind hier alle Gesichter versammelt, die mein tägliches Leben im Camp begleitet haben.
Und Nebelgeruch, Geruch nach Chemie, der vielleicht von den Schornsteinen weiter nördlich jenseits des Hügels kommt.
Nicht einmal die Füchse fehlen. Ich entdecke, dass sie mutige Tiere sind.
Sie haben keine Angst, von dem Leichenzug erdrückt zu werden.
Ich sehe ganz hinten ihre Schwänze hervorlugen, und ab und zu scheint mir, dass sie sich gefährlich weit vorwagen. Ich merke, dass sie den Instinkt haben, die Alten in die Ferse zu zwicken.
Ich weiß nicht, warum, aber bei ihrem Anblick kommen mir alle Wälder, Moose und Höhlen auf einmal in den Sinn. Und der Schatten dessen, was ich als Kind gewesen bin.
Ich finde die Umarmungen wieder, die Küsse und den Ledergeruch, den mein Vater an sich hatte.
Ich meine, dass ich ihn tatsächlich rieche, diesen Geruch.
Dass er mich hier erreicht. Intensiv. Beißend.
Ich frage mich, wie das möglich ist.

Mein Vater ist mindestens sechshundert Meilen von dieser Peripherie entfernt.
Wahrscheinlich, sage ich mir, ist es nur ein spielerischer Gruß des Windes. Immer ist es der Wind, der alles macht. In Windeseile. Kommt von dort und ist im Nu hier. Fünfhundert Meilen sind nichts für so einen Wind.
Auf einmal reißt mich die Stimme eines Mannes aus meinen Gedanken an den Wind, die zu einem anderen sagt, er solle sich behutsam bewegen, mich mit äußerster Vorsicht in die Grube hinunterlassen.
Andere mahnen, die Seile festzuhalten, sonst könnte ich rutschen und böse fallen.
Ich bin im Begriff, im Bauch der Erde zu enden anstatt in einer Grabnische aus Zement an der Friedhofsmauer.
Und die Erde, denke ich, ist wie eine große Mutter, eine *anya*, darum wird ihr Bauch bestimmt warm sein. Wird mir ein Gefühl von Aufgehobensein geben.
Die Erde ist die Aufregung wert, diese harten, verschlossenen Gesichter um mich herum zu sehen. Die Aufregung darüber, dass sich außer Zlatos Enkeln, die mit ausdruckslosen Augen auf ihre Handys starren, auch Askan und sein Sohn Gringo dem Zug angeschlossen haben.
Dass, als Viorel die erste Schaufel Erde hinunterwirft, stürmischer Beifall zu hören ist.
Jemand lässt einen Knallfrosch explodieren: »*Hopa, hungarez!*«
Denn im Grunde genommen sind wir weder Angehörige eines Clans noch blutsverwandt, sondern kommen aus unglaublich weit voneinander entfernten Ländern, aber uns eint der Umstand, dass wir auf denselben Leinen Wäsche aufgehängt haben, dass wir einander als entwurzelte Bürger akzeptiert haben.
»*Hopa, hungarez!*« Noch ein Knallfrosch.
Und ich muss lachen, als jemand mitten im nächsten Bei-

fall Askan einen Bierflaschenverschluss an den Kopf wirft. Es gibt mir ein Gefühl von Leichtigkeit, und ich denke, dass Sterben etwas weniger Sterben ist, wenn man mit einem solchen Begräbnis verabschiedet wird.
So.
Aus meiner wohligen Wärme heraus sehe ich sie alle ins Camp zurückkehren. Sie gehen in kleinen Gruppen langsam durch das Tor, und Lijuba, Askans Schwester, hat *byrek* vorbereitet.
Sonja, ihre Tochter, verteilt es in kleinen Stücken.
Askan hat sich die Knöpfe seiner Jacke polieren lassen, und seine Schwiegertochter Silvana trägt bei dieser Gelegenheit zwei antike *skipetare*-Münzen als Ohrringe.

Es ist sehr heiß. Als wäre schon Sommer.
Wie Stachel mitten ins Herz. Die Lichtreflexe.

Einige Alte haben sich in meiner *kasolle* niedergelassen. Ich sehe sie schweigend essen. Und es wirkt, als schluckten sie mit dem Brot auch die ganze Resignation über meinen unfreiwilligen Rückzug von den Dingen hinunter.
Auch Mariella, eine Lehrerin, die, von der ich nichts weiß, ist gekommen und hat sich unter die Leute des Camps gemischt. Sie ist einfach gekleidet und isst wenig, mit langsamen Bissen.
Sie sagt nur: »So sehe ich endlich eure Behausungen.«
Zwei Kinder sitzen neben ihr, sie nicken.
Und Ibrahim erkundigt sich: »Wie heißt du, *mësuese*?« So als wäre die einzige Bedingung, um sie zu akzeptieren, dass sie einen Namen hat, den man aussprechen kann, um ihr etwas anzubieten.
Und schon fragt Senija sie: »Möchtest du Brot, Mariella? Möchtest du etwas trinken?«

»Nein, nein«, wehrt sie gehemmt ab, auf dem Rand des Stuhls sitzend.
Die Männer schlürfen unterdessen einen dickflüssigen braunen Likör, den Askan feierlich in die Gläser gießt.
Alle kauen nun, ohne Rücksicht auf Traditionen. Aber es herrscht Schweigen, nur ab und zu unterbrochen von einem Gesang: *Naj ĉaĉimòs, naj ĉaĉimòs, ke ròma amarò mul' às.*
»Was heißt das?«, fragt die Lehrerin.
»Es heißt, dass es nicht wahr ist, es ist nicht wahr, dass unser Roma gestorben ist, wir hören seine Stimme.«
Jemand lacht respektlos: »Können wir nicht was anderes singen?«
Sein Nachbar schaut gedankenverloren vor sich hin.
Ein Junge sagt: »Ich habe ihn eigentlich nie verstanden, den *hungarez. El nu era din părţile noastre,* er war nicht aus unserer Gegend.«
Ein anderer hat Durchfall. Er spricht davon. Dass seine Kinder weggehen werden.

Wenn man wollte, könnte alles zu Ende sein.
Der Hut meines Großvaters liegt auf meinem Erdhügel, und von hier aus gesehen gleicht er einer Nelke.
Der Wind zupft ab und zu an der Krempe.
Und wer weiß, ob jemand, wenn er ihn betrachtet, versteht, wie ich gelebt habe.
Im Grund war es ein Leben ohne Zurück. Ein Versuch: ich gegen die anonyme Peripherie.
Ich betrachte den Hut, ja, wenn man wollte, könnte es so sein, dass morgen wieder ein neuer Tag beginnt.

Tatsache ist, dass sich am Tag nach dem Versuch, Feuer zu legen, die Nachricht vom Tod des Brandstifters im Camp verbreitete.

Obwohl Aziz und Pavel ihn jenseits des Hügels in einen fauligen Graben geworfen hatten, so hörte man, war seine Leiche gegen Morgen von einem Passanten gemeldet worden.
Und nun beherrschte die Schlagzeile die erste Seite der Tageszeitungen.
Dennoch schien es allen angebracht, so zu tun, als sei nichts geschehen.
Zu viel Polizei war im Camp, sogar zu dieser Morgenstunde. Zu viel Polizei umringte Suat, der Schaum vor dem Mund hatte und beim Sprechen die Zunge rollte: »*Eu vând droguri?* Aber was redet ihr! Ich verkaufe keine Drogen! Wer hat etwas davon, solche Lügen über mich zu sagen?«, während er in Handschellen weggezogen wurde.
»Du verkaufst keine *droguri*?«, erwiderte ein Polizist. »Was waren dann diese Pillen? Aspirin, Vitamine …«
Und als sie ihn zum Auto stießen, rief Suat in feige gewordenem Ton: »Warum nehmt ihr nicht diese Albaner und Ungarn mit, die aus Taschen klauen? Warum nehmt ihr nicht solche Leute wie die Hajdini oder die Cioară oder die Hrabal mit?«
Askans Schwiegertochter betete zu Allah und jammerte: »Wie lange soll das bloß noch so weitergehen? Was ist das? Einmal stecken wir im Schlamm, einmal verhaften sie uns, das Elend nimmt kein Ende!«

Die Männer des Camps, die sich gewöhnlich vor dem Tor sammelten, um der neuen Papierfabrik ihre Arbeitskraft anzubieten, standen an diesem Morgen mit Mütze auf dem Kopf und Schal vor den Mund nicht weit von meiner Baracke in der Kälte herum und warfen mir ab und zu besorgte Blicke zu.
Ich trat zu Zlato: »Was passiert jetzt? Wo wird die Sache mit dem toten Angreifer hinführen?«

»*Unde vom ajunge!*« Zlato mit seiner schiefen Mütze hakte sich bei mir unter. »Es gibt nur ein Ende, wenn so was vorkommt.«
Er versuchte, es mir zu erklären: »Diese Sache, weißt du, diese Sache, vom Komplizen des Brandstifters gesehen worden zu sein, dem Aas, der draußen vor dem Tor stand, das ist ein Mechanismus, den kannst du nicht aufhalten, weil wenn jetzt der *şef,* der sein Chef ist, dieser Dumitru, nicht wahr?, wenn Dumitru glaubt, dass du es warst, der geschossen hat, wenn er glaubt, dass du den tödlichen Schuss auf seinen Jungen abgegeben hast, dann tut er alles, um es dich büßen zu lassen! Das ist sein Gesetz, er kann nicht anders, wenn er nicht reagiert, wenn er sich nicht rächt, verliert er das Gesicht und wird zum Verräter.«
Wir tauschten einen Blick, und ich zündete mir eine Zigarette an: »Abgesehen davon, dass nicht ich geschossen habe, was kann ich denn überhaupt noch tun?«
Zlato antwortete dasselbe wie vorher, wenn auch etwas weniger deutlich: »Ich bin jetzt seit vier Jahren hier, und alles hat sich immer zum Schlimmsten gewendet!«
Wir irrten gemeinsam durch das Camp, Zlato und ich, und ich fühlte mich von der Nähe dieses alten rumänischen Patriarchen getröstet. Bis er dann mit Viorel auf einen Lastwagen stieg und ich allein auf den ungepflasterten Wegen weiterging, während sich der übliche Rattenschwanz von lärmenden Kindern hinter mir sammelte.
Zusammen mit den Kindern spähte ich in die *kasolle* der wenigen Frauen, die sich wieder an die Hausarbeit gemacht hatten. Sie schüttelten Teppiche aus, stapelten Töpfe. Wechselten den Säuglingen die Windeln, zogen sie um.

Ich fühlte eine seltsame Regung in mir aufsteigen. Dass ich dieses Leben nicht liebte, dachte ich, obwohl ich so tat, als liebte ich es.

»Erzählst du jetzt weiter? Branko, erzählst du uns jetzt die Geschichte von deinem Zirkus zu Ende?«
Ich sah mich um. Die Polizei hatte Suat ins Auto bugsiert und schaltete das Blaulicht ein.
Ein paar Frauen, die gleich daneben standen, hatten wieder zu plaudern angefangen und sprachen leichthin von einem *durere de gât*, was ein steifer Hals ist, und einem verdammten Wind, der immer genau da zog.
Ich wollte gerade resignieren, als Draka mich am Pullover zupfte: »Diese Sache mit Suat, der *în închisoare* kommt, ist was, was heute ganz recht ist, weil da im Gefängnis, sage ich, da kann ihn mir niemand anzünden. Ja, ich weiß, dass er am Anfang in der Zelle heult, aber dann gewöhnt er sich und macht es wie letztes Mal, als er gar nicht mehr raus wollte.«
Sie schnitt eine Grimasse, mit aufgerissenen Augen, und zog die Brauen hoch, als würde sie gleich loslachen, stattdessen fing sie verzweifelt zu weinen an.
Ich fühlte mich unwohl, weil ich Draka noch nie so gesehen hatte.
»*L'am chemat-o eu ...* das ist es«, schluchzte sie. »Ich habe die Polizei gerufen, verstehst du, was das heißt?, eine Mutter, die ihren Sohn …«
»Tut mir leid, Draka.« Unentschlossen legte ich ihr den Arm um die Schultern, als wollte ich damit die ganze Zärtlichkeit umarmen, die zu ihrem Wesen gehört hätte, wenn ihr Leben nicht von Strapazen und einem immer betrunkenen Ehemann durchkreuzt worden wäre, der sie zuletzt als Witwe zurückließ.
Zögernd legte ich den Arm um sie, doch dann entschloss

ich mich und umarmte sie fest, und sie lehnte sich mit dem ganzen Körper an mich, während ihre Brust weiter von Schluchzern geschüttelt wurde.
Als ich sie sanft losließ, trocknete sie ihre Tränen und sah mich an: »*Eşti tu maghiarule*, du musst dich schützen, denn wenn die denken, dass du am Tod des Jungen schuld bist, wenn du schuld bist *de moartea sa …*«
Und einen Moment lang verstummten wir besorgt, weil eine Tante von Roseta, die an uns vorbeikam und einen schnellen Refrain trällerte, plötzlich den Rhythmus verlangsamte.
»Aber wie könnte ich mich schützen, Draka? Egal, wo ich hingehe, diese Sachen kommen immer wieder vor.«
»Lauf nicht allein auf der Straße herum, vor allem nachts«, antwortete Draka, »das sage ich dir, meiner Meinung nach.« Und wir blickten uns an.
Die Kinder drängten sich dazwischen: »Erzählst du jetzt weiter, Branko? Erzählst du uns die Geschichte von deinem Zirkus zu Ende?«
Ich sagte weder Ja noch Nein und beobachtete nur, wie die Sonne schwächer wurde über der Stadt, zwischen den Hochhäusern, wie sie blass im Dunst zerfloss.
Mir war heiß und kalt zugleich.
Als die Kinder mich so schweigsam sahen, verdrückten sie sich allmählich.
Draka sagte zu mir: »*Dacă n-ai fi fost tu, eram carbonizați.*« Ohne dich wären wir verkohlt.
»Hmm, hmm«, brummte ich. Dann machte ich ihr ein Zeichen, dass ich müde sei und mich in meiner Baracke schlafen legen wolle.
Als ich wieder aufwachte, war es in der *kasolle* schon Abend geworden. Sofort fühlte ich Übelkeit und Hunger.
Ich wartete eine Weile, dann aß ich *sajtot*, den ich in

großen Bissen verschlang, bis mir der Gaumen blutete. *Sajtot és száraz kenyeret,* und dazu trank ich einen billigen Wein, den ich mir im Supermarkt beschafft hatte. Da ich nicht mehr einschlafen konnte, ging ich dann in die Dunkelheit hinaus, bog in den Tunnel ein und war in Versuchung, einen Blick in den Keller zu werfen.

Im Keller, am Ende der Treppe, waren die Kinder in fahles Licht gehüllt.
Jemand hatte Seidenpapier um die Glühbirnen befestigt, blaues und lila Seidenpapier, das schwache Farbreflexe hervorrief.
Und die Kinder bewegten sich in diesem Halbschatten, als müssten sie keinerlei Vorsicht üben.
Auf Zehenspitzen schlich ich näher, und sie bemerkten mich nicht.
Am längsten von allen Kindern blieb mein Blick an Senija hängen, wahrscheinlich weil sie es war, die den Flammen entkommen war.
Oder vielleicht, weil sie sich gerade bewegte. Sie übte Saltos mit dem kleinen Isem. Ich beobachtete, wie sie versuchte, sich mit dem Raum zu messen, und biegsam um eine imaginäre Achse kreiste.
Und ich konnte mir nicht genau erklären, warum, doch obwohl ich sie die gleichen Sprünge machen sah wie Isem, schien mir, dass sie sich anders vom Hintergrund abhob.
Vermutlich sah mich die Kleine an diesem Punkt auch, aus dem Augenwinkel heraus, denn plötzlich begann sie, es mit den Kapriolen zu übertreiben.
Ich sah zu, wie sie ohne das geringste Bewusstsein der Gefahr hinzufallen hemmungslos herumwirbelte, wie sie ihren Doppelsalto machte und in ihrem schrägen Stil auf

dem Teppich aufkam. Und als sie sich kurz darauf entschied, mir entgegenzugehen, schloss ich daraus, dass sie sich nach diesen übertrieben waghalsigen Saltos offenbar besser, wertvoller fühlte als vorher.

Als wären die Saltos ein Hinweis auf eine Herausforderung, die sie noch nicht ganz verstand, die aber schon durchschien unter ihrem ungeschickten Trick. Noch vage. Dunkel gefärbt. Heute Abend war ihr Blick schwer davon.

»*A venit maestrul!*«, rief Senija, indem sie die Größeren herbeiwinkte.

Daraufhin ließen die Größeren die Geräte stehen und liefen mir fröhlich entgegen.

»*Si po veni, mësues?*«, fragte Ilma. »Glaubst du, wir können damit etwas verdienen?«

»Bevor ihr ans Geldverdienen denken könnt, müsst ihr noch viele Bewegungen verbessern«, antwortete ich obenhin, bloß, um ein paar Worte zu sagen, um so zu tun, als wäre ich aufmerksam und in einem gedanklichen Normalzustand.

Dann bemühte ich mich, ernsthaft darüber nachzudenken, und fügte hinzu: »Jedenfalls ist es besser, dass Senija und Roseta ab morgen auf dem Platz proben, vor aller Augen, *fényes nappal*, und ich sage euch, wenn Askan versucht, uns daran zu hindern, bekommt er es diesmal mit meinen ungarischen Fäusten zu tun …«

Senija und Roseta fanden meine Worte gar nicht lustig und runzelten besorgt die Stirn.

Deshalb wiederholte ich: »Kapiert? Die Proben finden oben statt, nachher, wenn mich keiner sieht, gehe ich noch einmal runter und trage die Seile auf den Platz rauf, so können wir sie morgen mit dem Karabinerhaken am Mast befestigen und mit dem Training am Hochseil anfangen.«

Die Mädchen nickten unschlüssig. Ich setzte mich auf mein gewohntes Bänkchen und rieb mir energisch das Gesicht.

»*Ce sunt acelea?*«, fragte Senija auf einmal.
»Warum?«, fragte ich zurück.
»Weil dir die Tränen runterlaufen.«
»Ah, ja«, ich versuchte zu lächeln. »*Könnyek,* Tränen, ja.«
Dann bemühte ich mich abzuwiegeln: »Aber ja doch, *fáradtságtól.* Jeder weint doch mal vor Müdigkeit, das wird euch auch schon passiert sein, oder nicht?« Und vor allem an Ibrahim gewandt: »Dir ist das auch schon passiert, stimmt's, Ibrahim?«
Er antwortete nicht, und um die Wahrheit zu verbergen, dass er einen so schwachen Mann vor sich hatte, ging er auf Abstand. Um sich Haltung zu geben, begann er die Bewegungen der anderen zu kontrollieren. Der Kleinen, die bei meiner Ankunft einfach unbekümmert mit ihrem Gehüpfe weitergemacht hatten.
Ibrahim blieb stehen, sah ihrem Spiel zu und forderte: »Sag mir deinen Namen.«
»Wieso fragst du mich nach meinem Namen?«
»Damit ich ihn weiß.«
»Agim.«
»*Alè hopa!* Agim. Und eins, zwei, drei!
Irgendwann jedoch waren auch die Kleinen müde und hörten still der Musik zu, die krächzend aus einem Tonbandgerät kam.
Und allmählich, vielleicht, weil sie mich mit einem so bekümmerten Gesicht sahen, kam das, was sie bis zum Abend vorher mit Leichtigkeit gelebt hatten, auf einmal allen gefährlich vor, besonders den Größeren. Der Ort wirkte auf einmal bedrohlich und auch die Dunkelheit

rund um das alte Fabrikgebäude und der Umstand, unten im Keller zu sein.

»Stimmt was nicht, Maestro? Ist irgendwas nicht in Ordnung?«, fragte Senija, während sie versuchte, die Besorgnis zu verbergen, die ihre Stimme heiser klingen ließ. »Ist es wegen dem, was meine Mutter zu dir gesagt hat? Wegen diesem Demetrio, der glaubt, du bist schuld?«

»Nein«, antwortete ich, indem ich mir mit dem Handrücken die Tränen abwischte, »aber jetzt kommt her und hört zu, es ist Zeit, dass ich euch meine Geschichte zu Ende erzähle.«

Die Kinder setzten sich um mich herum. Einige hockten sich auf eine alte Matratze, andere blieben da, wo sie waren, hinter der Treppe, und setzten sich im Schneidersitz auf den kalten Boden.

»Manchen von euch habe ich gestern schon erzählt, dass mein Vater vor zwei Jahren eines Tages auf der Baustelle erschien und mir seine ganze Vergangenheit eröffnete. Einfach so, eines Tages, völlig unvermittelt, als wäre in seiner Seele ein Korken hochgegangen.

Bloß dass ich nach dieser Entdeckung keinen Frieden mehr finden konnte. Von dem Augenblick an habe ich nichts anderes mehr getan, als ihn jeden Tag zu belagern, wochenlang, nicht einmal mehr gegessen habe ich.

Ich habe nichts anderes mehr getan, als zu den unmöglichsten Zeiten zu ihm zu gehen, mich hinzusetzen und ihn mit Fragen zu bestürmen, damit er mir erzählte, wie der Kék Cirkusz entstanden war und was seine Artisten alles erlebt hatten.

Und da mein Vater bereitwillig und geduldig erzählte, sah ich die Szenerie nach und nach endlich deutlich vor mir.

Je besser ich aber die Geschichte meiner Vorfahren ken-

nenlernte, umso öfter passierten mir sehr merkwürdige Dinge. Denn vor allem in der Anfangszeit fuhr ich nachts aus dem Schlaf auf.
Weil ich die Löwen hörte, wirklich, ihr müsst es mir glauben.
Ich hörte unten im Keller die Löwen brüllen.
Im Untergeschoss unseres Mietshauses hörte ich ein Brüllen, dann noch eins. Minutenlang. Dann Stille.
Ich erinnere mich, dass ich schweißgebadet meine Verlobte weckte: ›Kata, Kata, hast du die Tiere gehört? Ich habe Angst, dass sie aus dem Käfig ausgebrochen sind.‹
Kata sah mich verschlafen an: ›Aber Branko, es ist drei Uhr morgens. Und außerdem gibt es hier keine Tiere.‹
Doch an diesem Punkt hatte ich endgültig die Kontrolle verloren. Es fiel mir auf einmal schwer, mich bei Kata unterzuhaken und zuzuhören, wenn sie von den neuen Möbeln erzählte, die sie gern für das Wohnzimmer wollte. Und auch meine Arbeit, acht Stunden pro Tag auf der Baustelle, konnte ich kaum noch ertragen, wenn ich oben auf dem Gerüst war, fühlte ich immer häufiger, wie mir die Erregung zu Kopf stieg.
Dann ließ ich die Muffen da oben auf den Balken liegen, anstatt meine Arbeit zu tun, fuhr quer durch die Stadt, stürzte zur Wohnung meines Vaters und trat gegen die Tür.
Mein Vater öffnete und schüttelte den Kopf: ›Halte die Arbeitszeiten ein, Branko, sonst kündigen sie dir noch.‹
Doch ich hatte kein Interesse mehr an meinem Arbeitsplatz, ich war vollkommen durcheinander und wollte nur die Vergangenheit wissen, die mir ungerechterweise vorenthalten worden war.
›Erzähl mir, wie ihr auf den Jahrmärkten ankamt, sag mir,

wie Sólyom auf dem Seil tanzte! Und die Bären, hat der Große Wilde der Karpaten sie tatsächlich ohne Peitsche dressiert?‹

Und während mein Vater sich anstrengte, alles genau zu schildern, war mir, als bekäme ich auf einem Tablett die Möglichkeit serviert, plötzlich auch das Leben eines anderen zu leben.

Und in der Tat grübelte ich, grübelte ununterbrochen: *Cigány vagyok*… Auch in dem, was ich gestern gemacht habe … auch gegenüber den Dingen, die die anderen gemacht haben, ich bin *cigány*.

Und ich versuchte wie besessen zu verstehen, was das bedeutete.

An manchen Abenden passierte es sogar, dass ich mit dem Auto anhielt, um zu beobachten, wie der Lichtschein auf der Haut einiger Zigeuner flackerte, die in der *puszta* am Feuer saßen. Ich fühlte mich verwirrt bei diesem Anblick, ich, der eine Wohnung, ein geordnetes Leben, die richtige Verlobte hatte. Ich saß da, schaute diesen lachenden, schwatzenden Männern zu und fühlte mich als Heimkehrer.

Irgendwann nach vielen, vielen Tagen, die ich damit verbrachte, meinen Vater zur Erinnerung zu zwingen, kam der Augenblick, in dem er mir das Versprechen sagen musste, das er Nap apó am Tag der Deportation gegeben hatte.

Das Versprechen, diesen *Káin* von László hinzurichten, das Versprechen, das er und alle seine Geschwister gegeben hatten.

Ich erinnere mich, dass es am Morgen dieser Geschichte in Budapest regnete. Und mein Vater hob den Kopf und ließ ihn dann plötzlich sinken, offensichtlich fehlte ihm der Mut.

›Los!‹, forderte ich ihn auf. ›Erzähl schon!‹

Doch etwas an dem, was er hätte sagen müssen, schmerzte ihn, er nickte bei dem Gedanken daran und schaute weg.
›Los!‹, drängte ich. ›Ich will es wissen!‹
Daraufhin machte er eine ungeheure Willensanstrengung und versuchte, sich an den Tag der Flucht durch die ungarischen Wälder zu erinnern, er als Kind mit all den Zirkusleuten, die die Dornenranken vor ihm beiseite schoben bis zu dem Moment, an dem sie sich gerettet glaubten und jubelten. Sie jubelten, bevor sie merkten, dass hinter den Bäumen Militärautos standen, aus denen Soldaten stiegen, die hämisch lachend die Gewehre auf sie richteten: ›Habt ihr ehrlich geglaubt, dass László euer Freund ist? Er ist ein *kém*, ein *spiun*, er ist gleich zu uns gelaufen, um uns zu verraten, dass ihr abhauen wolltet und dass ihr gut gefüllte Brieftaschen dabei habt.‹
Und unmittelbar danach ertönte Nap após Schrei, der entsetzliche Schrei, an den mein Vater sich erinnerte, jenes László geltende ›Kaaaain!‹, das das Vieh in den Ebenen scheuen ließ und alle Tiere der Nacht aufweckte.
Jener Schrei, nach dem Nap apó sich keuchend umdrehte und seinen kleinen Söhnen den schrecklichen Befehl gab: ›Einstweilen müsst ihr diese gemeine Verhaftung überleben, und hinterher, als allererstes, vor jeder anderen Tat, sage ich euch, müsst ihr mich rächen an diesem Schandkerl von László!‹
Mein Vater war damals noch ganz klein und konnte nur die stolzen Worte seiner Brüder wiederholen: ›Hab ganz starkes Vertrauen, Nap apó, wer von uns lebend aus dieser gemeinen Verhaftung herauskommt, wird diesen Kain von einem Zauberer suchen und aufspüren und massakrieren, und für immer wird seine Seele verdammt sein!‹
Er wirkte erschöpft, mein Vater, nachdem er das erzählt hatte.

Aber noch viel erschöpfter war er, als er zugeben musste, dass er, obwohl einziger Überlebender des Kék Cirkusz, dieses Versprechen nicht hatte halten können.
Und nachdem er sein Scheitern, seine Nichterfüllung einer eingegangenen Verpflichtung, eingestanden hatte, erinnere ich mich, dass er den Kopf nach hinten warf und die Augen schloss und mich verwirrt in einem so tiefen Schweigen zurückließ, dass es unmöglich war, es zu durchqueren.«

Im Keller war es kalt geworden. Ich machte eine Pause. Und während die Pause sich hinzog, wusste ich nicht, wo ich hinschauen sollte, welches Kind ich am Blick packen sollte, wen ich mehr als alle anderen um echtes Zuhören bitten sollte.
Zuletzt sah ich Senija an, die mich mit feuerroten Backen bestürzt anstarrte. Und auch die anderen Kinder schauten besorgt zu ihr hin. Im Halbdunkel dieses kahlen Raums, der in Abständen von den Scheinwerfern der auf dem Ring vorbeifahrenden Autos erleuchtet wurde.
»*Dupā acea?* Und dann?«, forderte sie mich zum Weitersprechen auf.

»Dann, nachdem er mir gestanden hatte, wie sehr ihn das nicht gehaltene Versprechen quälte, verfiel mein Vater in ein Schweigen, das er mit den Worten beschloss: ›Aber nun ist unser Leben längst ein anderes, nun ist diese Vergangenheit für immer vorbei.‹
Allerdings überzeugte mich sein Tonfall nicht sonderlich.
Und in der Tat kam es so, dass ich eines Tages, wie diese Entscheidung zustande kam, kann ich euch nicht genau sagen, jedenfalls habe ich die Pistole geladen, die ich für die Nachtwache auf der Baustelle benutzte, hab sie ins

Handschuhfach des Lastwagens gelegt, und ohne überhaupt zu wissen, was ich tat, saß ich eine Sekunde später am Steuer und raste mit Vollgas los.
Ich kann mich nicht erinnern, dass ich die Reise geplant, dass ich mir gesagt hätte: Jetzt fahre ich los. Ich erinnere mich nur, dass ich irgendwann wie im Traum atemlos Richtung Osten fuhr.
Und während ich auf der Straße nach Eger das Gaspedal durchtrat und Kilometer um Kilometer verschlang, grübelte ich darüber nach, was mein Vater erzählt hatte, vor allem, dass dieser Spion von László daran schuld war, dass der Zirkus meines Großvaters verschwunden ist. Verschwunden samt seiner ganzen Tradition, seiner ganzen Kunst, vor dem Horizont herumzuwirbeln.
Und während ich so dahinfuhr, wusste ich wirklich nicht, ob es die Wahrheit war oder ob ich träumte.
Ich erinnere mich nur noch, dass mein Herz klopfte wie verrückt und dass mich die grelle Sonne blendete und mein Oberkörper beinahe schmerzte.
Ich sah unten den grauen Asphalt, und so, wie wenn man unter dem Eindruck mancher Lieder steht, die einem noch tagelang im Ohr summen, wiederholte ich den Schwur, von dem mein Vater mir berichtet hatte, ich wiederholte ihn, wie er ihn mir gesagt hatte, als hätte ich ihn von jeher selbst getan: ›Hab ganz starkes Vertrauen, Nap apó, dass ich lebend aus dieser gemeinen Verhaftung herauskomme und diesen Schandkerl von László suchen und aufspüren und massakrieren werde, und für immer wird seine Seele verdammt sein!‹
Mit diesem teuflischen Rachegefühl bin ich von Budapest aufgebrochen, wo ich mein Leben hatte, und Richtung Osten gefahren, um das Haus eines *cigány* zu suchen, der, wie ich euch schon erzählt habe, den Namen László trug.

Und als ich dort angekommen bin, habe ich ihn sofort angeschrien: ›*Add vissza rögtön a dolgaimat!*‹ – was bedeutete, dass ich meine Sachen zurückforderte, nicht wahr?
Er aber, dieser László, starrte mich an, dass er noch lebte, war sowieso ein Wunder, denn er war uralt: ›*Ki vagy?*‹
›*Nap apó unokája,* das ist *ki vagy!*‹
Er hatte den verlorenen Blick eines Menschen, dem es nicht gelingt, den Worten einen Sinn zu geben. Und als ich ihm erklärte, dass ich in der Absicht gekommen war, alte Rechnungen zu begleichen, weil mein Großvater und mein Vater ihn als Verbrecher betrachteten, als einen Kain, der für das Ende des Kék Cirkusz verantwortlich war, da erschrak er nicht, sondern fing mit unerträglicher Fröhlichkeit an: ›Kain? Dann rufe ich dir meinen Sohn, mein Sohn ist ein gläubiger Mann der Kirche und erklärt sehr gern die Gestalten aus der Heiligen Schrift.‹
Daraufhin wurde ich noch wütender, zog die Pistole, die ich im Lastwagen geladen hatte, und ging drohend auf ihn zu: ›Sieh zu, dass du mir sofort das Material übergibst, statt hier den verwirrten Alten zu mimen!‹«

»Und dann? *După acea ce s-a întâmplat?*«

»Dann? Ich erinnere mich nicht, wer dann geschrien hat, ob László oder ich es war. Jedenfalls kam dann ein sehr akkurat gekleideter Herr mittleren Alters aus dem ersten Stock herunter, das war offensichtlich der Sohn, der die Heilige Schrift studierte.
Und als dieser Sohn sah, dass ich seinem Vater die Pistole an den Hals hielt, wurde er blass und fing an zu stottern: ›*Kérlek*, bitte, steck *a pisztolyt* weg, *neked adjuk minden pénzünket, amink csak van*!‹

Er wollte mir sofort Geld geben, weil er dachte, ich sei ein Dieb.
Doch ich brüllte: ›Pass auf, Sohn des Kain, ich pfeife auf euer dreckiges Geld, ich bin hier, weil ich das Material zurück will, das zum Zirkus meines Großvaters gehörte, zum Kék Cirkusz, verstehst wenigstens du, was ich sage?!‹
Lászlós Sohn begriff blitzartig alles, denn er begann leise zu beten, machte mir im Beten ein Zeichen, ihm zu folgen, und ging sehr schnell vor mir her in einen Heuschober: ›Ja wenn es die Kisten sind, die du willst‹, nuschelte er, ›da brauchst du doch nicht die Waffe zu zücken, mein Vater hat sie aufgehoben, er hat sie aufgehoben für euch, Hrabal, weil ihr zurückkommen solltet, um sie zu holen ...‹
›Ach, du kennst also meinen Nachnamen?!‹, brüllte ich, während ich den alten László hinter mir her zerrte, der unter der vorgehaltenen Pistole stolperte und stöhnte. Und weiter, an seinen Sohn gewandt: ›Weißt du auch, dass meine Familie diesem Mann vertraut hatte, und wie er uns das vergolten hat?! Erst hat er den Soldaten gesagt, wie sie uns ermorden lassen sollen, und dann hat er uns die Gnade erwiesen, unsere Geräte aufzubewahren! Wirklich zu großzügig! Was für ein gütiger Zauberer!‹
Doch Lászlós Sohn hörte mir gar nicht mehr zu.
Er hatte begonnen, mit der Axt die Rückwand des Heuschobers aufzuhacken, und als die Platten mit dem Geräusch einer geplatzten Tüte herunterfielen, erschienen vor mir zehn übereinandergestapelte Kisten, jede mit einem roten Band verschnürt.
Ich sah sie schaudernd an.
Und wie soll ich euch erklären, dass mich ein unbezähmbares Bedürfnis zu weinen überwältigte, zu weinen und

mit meinem Vater und meinem Großvater zu sprechen und zu brüllen: ›Sándor! Nap apó! Ich bin hier! Ich bin hier, um die Ehre eures Lebens zu retten!‹
Dann riss ich mich jedoch zusammen und dachte, ich müsse klar im Kopf bleiben, um zu entscheiden, wie ich am besten vorgehen sollte.
›Leg die Axt weg!‹, befahl ich Lászlós Sohn, indem ich mit der Pistole vor seiner Nase herumfuchtelte, ›leg sie weg und trag die Kisten zu meinem Lastwagen! Los, trag sie hin, ich kümmere mich so lange um Káin!‹
Lászlós Sohn führte meine Befehle aus und war erschüttert: ›Warum sagst du Káin? Warum benutzt du immerfort diesen Namen, wo mein Vater doch László heißt?‹
›Ich nenne ihn so, weil dein Vater Verrat geübt hat, wie würdest du einen Mann nennen, der die Soldaten schickt, um seinen Bruder zu töten?!‹«

»Und *dupā acea*? Was ist dann passiert?«

»Es ist passiert, dass Lászlós Sohn die Kisten auf den Lastwagen geladen hat.«

»Und *dupā acea*?«

»*Dupā acea* standen die Kisten auf dem Anhänger.
Hinter mir hatte ich meine Ladung, und vor mir hatte ich die zwei Herren Kocián, die wie neugeborene Fohlen zitterten.
Da war es, dass ich vermeinte, meinen Großvater zu sehen. Er ging hinten im Hof vorüber, und in der Ferne stand auch sein gestreiftes Zelt.
›Großvater!‹, rief ich. ›Nap apó!‹ Er aber ging rückwärts über die Tenne.
›Großvater!‹ Vor Wut, zu sehen, wie er sich vor dem

Grün der Weinfelder auflöste, krampfte sich mein Finger auf dem Abzug zusammen, sodass ich den Arm hob und auf László zu zielen begann: ›*Most kivégezzük Káin!*‹

›*Várjál! Állj meg!*‹, schrie der Sohn, der nun einer gespenstischen Maske glich und nicht wusste, welche Argumente er vorbringen sollte, um mich vom Schießen abzuhalten und dann, da er den Kopf voller Bibelsprüche hatte, auf diese zurückgriff: ›Lass die Waffe sinken, es steht schon in der *Biblia*, dem Heiligen Buch des Herrn, dass man Káin nicht töten darf, sonst straft einen Gott mit einem noch schlimmeren Tod!‹

Und er weinte und schrie: ›Und außerdem ist seither mehr als ein halbes Jahrhundert vergangen, damals war Krieg, und es herrschte eine ganz andere Logik! Tu die Waffe weg! Wie kannst du hierherkommen und behaupten, mein Vater habe die Hrabal verraten? Und wenn er gezwungen gewesen wäre? Woher willst du wissen, wie es wirklich gewesen ist?! Tu endlich das Ding weg!‹

Und wenn ich jetzt daran denke, hier, während ich bei euch sitze, dann begreife ich, dass er vielleicht sogar recht hatte. Aber dort war ich in dem Moment so wild und durcheinander, dass ich nur einen Satz dachte: *Ez az ember egy Káin.* Dieser Mann ist ein Káin.

Und in der Tat wurde mir plötzlich schwarz vor Augen, und in dieser Finsternis ist der Schuss aus meiner Pistole losgegangen, ein lauter Schuss, der, als ich die Augen wieder öffnete, den Brustkorb des alten Zauberers zerfetzt hatte.

Jetzt habe ich es euch wenigstens gesagt. So war es. Es ist mir schwergefallen, aber ich habe mich von diesem Geheimnis befreit.«

Gierig holte ich Luft, so tief ich nur konnte.
Ich atmete so heftig ein, dass mir ein Pfeifen aus der Nase drang.

»So habe ich meinen Großvater gerächt, ohne überhaupt hinzuschauen, an welcher Stelle des Körpers ich seinen Verräter treffen würde.
Es war eine Sache, die schwierig zu erklären ist.
Vor allem, als gleich danach Lászlós Sohn anfing, das Loch im Oberkörper seines Vaters mit Fäusten voll Schlamm zu stopfen, und mich wie verrückt geworden anschrie: ›Gott wird dir das Grauen zurückgeben, das du angerichtet hast, da kannst du sicher sein! Blut wirst du spucken! Du wirst so enden, wie die Schrift es verspricht!‹«

»Und dann?«

»Dann bin ich in den Laster gestiegen und wie der Blitz losgerast, und während ich abhaute, hörte ich Lászlós Sohn weiter schreien, mit einer gequälten Stimme, die die Luft erfüllte wie das Röcheln eines verwundeten Tieres: »Du kannst sicher sein, dass ich dich suche! Ich stoße dir ein Messer in den Leib, ein Messer stoße ich dir rein, denn das ist der Befehl Gottes!«
Aber trotzdem spürte ich, während ich abhaute, in meinem Herzen eine unendliche Befreiung.
Als wäre ich nun, nachdem ich diesen László getötet hatte, ein besserer Mensch und hätte mehr Würde als vorher.
Versteht ihr, in welchem Zustand ich in dieses Camp gekommen bin? Ich bin hierhergekommen, nachdem mir das passiert war…«

Ich schwieg und starrte die Kinder erschöpft an.
Wie betäubt wechselten sie ungläubige Blicke. Einige waren blass geworden, andere waren so verlegen, dass sie zu Boden schauten.

»Ich, *eu ... nu cred ...* ich glaube nicht, was du gesagt hast«, stotterte Senija, bemüht, ihre offensichtliche Betroffenheit zu zügeln. »Warum soll ich glauben, dass du einen alten Mann umgebracht hast, *un bātrân*, der sich bestimmt gar nicht wehren konnte, *un bātrân care nici nu se putea apāra*?«
Ich lächelte beklommen: »Ich habe nie von dir verlangt zu glauben, Senija, was ich erzähle, sei die Wahrheit. Wenn man ein Märchen hört, darf man sich nie fragen, ob die Geschichte, um die es geht, wahr oder falsch ist. Das Einzige, was ein Märchen verlangt, ist, dass es im Herzen des Zuhörers bleiben kann.«
»Mag sein«, mischte sich Ilma ein, während sie mit beiden Händen ihre bauschige Frisur zusammenpresste, »aber auch wenn diese Geschichte, wie du sagst, ein Märchen ist, wie geht das Märchen dann weiter, nachdem du deinen Großvater gerächt hast? Mein Onkel, der aus Djacovica, sagt nämlich, dass Märchen gut ausgehen müssen ...«
Einen Moment lang war ich ratlos. Ich fuhr mir mit der Hand über die Augen.
Einen Moment lang kämpfte ich mit den Tränen.
Dann putzte ich mir die Nase und versuchte, es auszusprechen: »Das Märchen geht so weiter: Lászlós Sohn hat geschworen, mich überall zu suchen, und deshalb hat er bestimmt die Losung ausgegeben und fragt an jedem Ort nach mir, in den Barackenlagern, in den Nachtasylen, unter den Brücken der Bahnhöfe.
Er sucht mich bei den Roma, bei den Schaustellern auf

Jahrmärkten, bei Leuten wie uns, die auch an sehr unbequemen Orten leben, bis er eines Tages … ja, wisst ihr, wie diese Dinge laufen? *Tudjátok, hogy mennek ezek a dolgok?*
Bis er eines Tages einen Anruf von jemandem bekommt, der zufällig einen Typen in dieser Stadt kennt, und der wiederum hat einen Freund hier in unserem Camp … So funktionieren die Kontakte, nach und nach, durch winzige Indizien kommt er mir näher, in vielen kleinen Sprüngen …
Und wenn ich dann zuletzt genau in seinem Visier bin, wird er, der Sohn des Káin, zuschlagen, damit geschieht, was im Buch seines Gottes geschrieben steht.
Wer von euch kennt sich ein bisschen aus in *a Biblia*, gibt es jemanden, der weiß, was *a Biblia* über Káin sagt?«
Ich griff mit einer Hand in die Hosentasche und zog eine Taschenbibel heraus: »Such das Zeichen«, sagte ich zu Ibrahim, »schau nach, wo von Kain und Abel die Rede ist, Gago Cioarā hat unten mit Bleistift die Übersetzung hingeschrieben.«
Ibrahim schlug das Buch dort auf, wo der Zettel eingelegt war, und überflog mit zusammengekniffenen Augen die Seiten, dann seufzte er und sah mich ratlos an.
»Ja, ich weiß«, ermutigte ich ihn, »das ist Rumänisch, aber ich habe dir doch gesagt, dass Gago unten mit Bleistift seine Übersetzung hingeschrieben hat.«
Da entschloss sich Ibrahim und las mit bewegter, zögernder Stimme: »Hier steht: ›So trage ich den Namen Kain, und nur einer, der mir begegnet, wird mich töten können.‹ Darauf sprach der Herr: ›Ja, so wird es sein, aber der, der dich tötet, muss wissen, dass der Tod siebenfach auf ihn zurückfallen wird.‹«

Dennoch werde ich andere Augen vor Augen haben.
Die von Senija, die verloren ins Leere blicken. An eine Geschichte geklammert, von der sie sich lieber befreien würden.
Auf dem Boden verstreut warten Ibrahims Keulen darauf, wieder in ihrem Sack verwahrt zu werden. An einem Trapez, das so schief ist wie am ersten Tag, hängt nun der kleine Isem.
Das langsame Auf und Ab der Zeit. Eine schwingende Schaukel, erst mit dem Fuß vorwärts und dann in die Höhe.
Und dann das ungreifbare, einer Vorahnung ähnliche Gefühl, auf andere Weise im Camp leben zu können, auf eine Weise, die vielleicht die Rettung sein könnte.

Ich werfe noch einen Blick.
Im Camp ist es Nacht geworden.
Senija und Ibrahim laufen auf Zehenspitzen durch die Barackenreihen.
Ich sehe sie.
Sie gehen auf die verfallenen Lagerhallen zu.
Askans Hund knurrt ihnen hinterher.
Wie zwei Katzen schlüpfen sie durch die Absperrung und die Treppe hinunter und knipsen in dem niedrigen Vorraum die Taschenlampen an. Dann gehen sie den Gang hinunter und biegen ab zu den Päckchen mit den Geräten.
Im Halbdunkel ziehen sie die Seile heraus.
Und die Akrobatenschuhe.
Und die Keulen.
Und die alten, hart gewordenen Riemen.
Sie ziehen alles heraus und verteilen es auf dem Boden. Dann stehen sie davor und betrachten die Gegenstände wie betäubt.

Sie sagen nichts, minutenlang, halbe Stunden lang. Vielleicht die ganze Nacht.
Dann, an einem bestimmten Punkt, spricht Ibrahim es aus: »Hör zu, Senija, für immer wird der Maestro nicht mehr mit dir springen, verstehst du, was ich meine?«
»Für immer, ja.«
»Und wer springt jetzt mit dir?«
Senija bleibt stumm.
Da nimmt Ibrahim einen kleinen Anlauf, springt mit geschlossenen Füßen auf ein primitives Sprungbrett und schnellt mit angezogenen Beinen nach oben.
Sein Körper ist schwerelos. Dreht sich um sich selbst wie ein vom Wind aufgewirbelter Strohhalm.
Und als er wieder landet, kommt er nicht so auf, wie er müsste. Er fällt aufs Knie, man hört den Aufprall. Ibrahim verzieht vor Schmerz den Mund, aber gleichzeitig lacht er. Und sofort lacht Senija mit.
Derweil hört man vom anderen Ende des Raums her einen matten Applaus. Das Geräusch kommt von dort, von der Tür her.
Senija und Ibrahim drehen sich um und kneifen die Augen zusammen, um zu sehen, wer das ist.
Auf der Schwelle steht Askan, der sie ausdruckslos anschaut und weiter langsam in die Hände klatscht.
Senija und Ibrahim starren ihn besorgt an. Sie warten darauf, dass er gleich einen Wutanfall bekommt, dass er auf seine ungehobelte Art sein ewiges Dagegensein kundtun wird.
Doch er wirkt benommen, vielleicht kann er schlecht atmen, er trocknet sich die Stirn, wendet sich zum Ausgang und steigt mühsam eine Stufe hinauf.
Er scheint gehen zu wollen.
Dann bleibt er wieder stehen und dreht sich um.

Er zieht eine Zigarette aus dem Päckchen, sieht die beiden Kinder mit strengem Blick an.
Und während er sie anschaut, befeuchtet er sich die Lippen, fährt mit der Zunge von einem Mundwinkel zum anderen.
Dann entschließt er sich, zündet die Zigarette an und sagt: »Das Problem ist, dass es kostet, so ein Zirkuszelt. Ich werde lange Zeit brauchen, bis ich euch ein Zirkuszelt kaufen kann.«

Danksagung

Ich danke Erri De Luca – dem Ersten, der an diese Geschichte geglaubt hat – für sein Vertrauen und die Ermutigung.
Danke außerdem an Alberto Rollo und Giovanna Salvia.
Ein liebevolles Dankeschön auch an Caterina Serra für ihre Ratschläge und die Entschlossenheit, mit der sie mich bei diesem Abenteuer unterstützt hat.

Des Weiteren gilt mein ganzer Dank:
Mino Specolizzi, der mitgearbeitet und an diese Idee geglaubt hat;
Pietro Barbetta, dem Mann von Welt, für das Fotomaterial und für seine Berichte;
Elia und Marta für die Fantasie und Fröhlichkeit, mit der sie mich begleitet haben;
Prof. Zsuzsana Rosznyoi, Aniko Hernadi, Dritan Hysa, Cristina Martisca, Lutzie Reicktrova, Enrigerta und Ibarona Shukulli, Dasha Trashi, Agron Kotorri für ihre Offenheit und die wertvolle linguistische Beratung;
den Freunden des Circo do Brasil und Gerardi Jasmin für die herzliche Aufnahme;
Familie Biasini für den Zauber ihrer Erzählungen und ihre unvergessliche Gastfreundschaft;

Luciano Magnani und Paola Stefanini für die ständige Hilfe;
Dimitris Argiropoulos, der meine Recherche mit seinem profunden Sachverstand begleitet hat;
Franco Pasello, dem Sohn des Windes, der seine Erfahrung und seine Orte zur Verfügung gestellt hat;
Marco Grana und Stefano Casi für ihre überaus nützlichen Hinweise;
Padre Flavio für seine Mahnung zur Vorsicht;
allen Personen, die mir mit ihren Erinnerungen und ihren Geschichten geholfen haben.

Und schließlich danke ich noch Giancarlo Baldi und Maria Luisa Musolesi, dass sie in einem herrlichen Sommer mit mir die Aufführung des kleinen Zirkus Rosa organisiert haben.